조남주
장편소설

귤의 맛

문학동네

차례

하늘과 바다도 구분할 수 없을 지독하게 까만 밤.

그 밤처럼 막막했던 마음들.

서로의 진심뿐만 아니라

자신의 진심도 장담할 수 없었다.

고등학교 입학식

넥타이는 처음이다. 소란은 셔츠 깃을 세워 놓고 목에 두른 타이의 양쪽 끝을 엇갈려 한 번 감았다 풀고, 두 번 감았다 풀고, 다시 한번 감아 보았는데 어떻게 해도 모양이 제대로 잡히지 않았다. 폰으로 '넥타이 매는 법'을 검색했다. 동영상을 따라 더듬더듬 넥타이를 삼각형 모양이 되도록 돌려 감고 매듭 안으로 타이 끝을 밀어 넣으며 소란은 아빠한테 매듭을 만들어 놓고 출근하라고 할걸 생각했다.

오늘은 제대로 입고 싶었다.

첫날이니까.

새 교복이니까.

남색 재킷에 푸르고 붉은 선이 엇갈린 체크무늬 스커트, 폭이 좁은 남색 타이. 고무줄로 연결된 타이가 아니라 제대로 매는 타이라서 고급스럽다. 초록색 계열의 중학교 교복보다 소란에게 잘 어울렸고, 무엇보다 잘 맞았다. 중학교 교복은 너무 짧고 타이트했다. 일부러 줄인 것도 아니고 작은 사이즈로 구매한 것도 아닌데 불편할 정도로 몸을 조였다.

중학교 교복은 딱 두 번 입었다. 입학식 날, 졸업 앨범 찍는 날. 평소에는 늘 체육복을 입고 다녔고 심지어 졸업식 날도 교복을 입지 않았다. 엄마는 교복이 완전 앨범 촬영용이 됐다고, 이럴 거면 촬영 날만 대여할 걸 왜 맞췄는지 모르겠다며 돈 아깝다는 말을 몇 번이나 했다. 교복 한 벌 못 살 형편은 아닌 것 같은데 엄마가 자꾸만 돈 얘기를 해서 소란은 마음이 상했었다.

소란은 아무도, 가족 중 누구도, 절대 입학식에 오지 말라고 했다. 엄마는 이미 휴가를 냈다며 소란의 경고를 농담 혹은 실없는 소리 취급했다.

"왜 나한테는 묻지도 않고? 내 입학식이잖아."

"네 엄마잖아. 말도 안 되는 소리 하고 있어."

"오빠 고등학교 입학할 때도 안 갔으면서 그래."

엄마는 입을 벌린 채 멈칫했다. 곧 당황한 표정을 지우고 더 당당하게 말했다.

"나도 자식 고등학교 입학식 한번 가 보자."

"그 자식이 왜 하필 나야? 난 분명히 말했어. 싫어."

"소란아."

"그렇게 가고 싶으면 셋째 낳아. 그래서 17년 후에 가."

정말 많이 서운하고 실망한 듯했지만 엄마는 결국 소란의 뜻을 따랐다. 입학식 아침, 다른 날들과 마찬가지로 소란이 자는 사이 부모님은 출근했고 오빠도 학교에 갔다. 식탁 위에는 만 원짜리 두 장과 엄마의 쪽지가 있었다.

'입학 축하한다. 입학식에는 오지 말라니 돈으로 축하하마.'

교문 앞에서 꽃다발을 팔고 있었다. 졸업식 날은 고등학교 정문과 연결되는 양쪽 골목과 차도, 그 건너편 신영진중학교 앞까지 꽃다발 노점들이 점거했었다. 학교생활을 시작하는 것보다 끝내는 것이 더 축하받을 일인가. 소란은 엄마가 두고 간 지폐를 만지작거리며 교문에서 가장 멀리 떨어진 좌판으로 갔다.

"2만 원짜리 있어요?"

검지 손톱에 커다란 은색 별을 달고 있는 앳된 사장님은 좌판 가장 위쪽이 2만 원이라고 대답했다. 조화 사이사이 금박으로 포장한 초콜릿이 섞여 있는 흔한 꽃다발이었다. 소란이 하늘색 꽃다발을 집어 들고 지폐를 건네자 사장님은 고마워요, 했다. 소란은 그냥 들어가려다가 멈춰 서서 고맙습니다, 하고 인사했다. 꽃다발들을 다시 진열하던 사장님이 손을 멈추고 소란을 빤히 보았다.

"입학 축하해요."

진심이 담긴 목소리와 표정이었다. 신입생인 것을 알아본 모양이다. 그러고 보니 오늘의 첫 대화다. 소란도 진심으로 반갑고 고마운 마음을 담아 마주 웃어 보였다.

2만 원짜리 꽃다발을 안고 교문 안으로 들어섰다. 운동장을 가로질러 강당으로 향하는 아이들은 대부분 소란처럼 혼자였다. 입학식이 가족 행사가 될 나이도 지났고 고교 지원제 이후로 동네 친구들이 자연스럽게 같은 고등학교에 배정받는 일도 없다. 익숙하지 않은 교복과 낯선 얼굴들, 불만과 아쉬움을 공유한 이들이 나누는 어색한 미소. 신입생 대부분은 신영진고를 희망하지 않았을 것이다. 특목고 입시에 실패했거나 1지망에서 탈락한 학생들의 2지망 학교. 신영진고등학교는 그런 학교다.

신영진고가 있는 경기 영진시는 서울과 맞닿아 있는 공장지대였다. 공장들이 점차 인건비가 저렴한 중국이나 동남아 등으로 옮겨 가자 경기도와 영진시는 전략적으로 지역에 디지털단지를 조성했다. 지하철역을 중심으로 IT업체가 들어서며 인근 주택밀집지역인 신영진구는 아파트 단지로 탈바꿈했다.

영진시의 대부분은 공장지대와 재개발을 기다리는 낡은 주거지가 섞여 있는데 신영진구만 분위기가 다르다. 영진디지털단지와 가깝고 서울로의 교통도 편리해서 젊은 화이트칼라 직장인들이 이주해 왔다. 소득 수준도 비교적 높다. 신영진구는 '경기 속의 서울', '영진 우파' 같은 칭찬인지 비아냥인지 알 수 없는 별명을 얻었다. 깨끗하고 교통 좋고 각종 생활 편의시설도 잘 갖추어진 떠오르는 신도시. 그런 신영진에 부족한 것이 딱 하나 있는데 바로 교육 인프라다.

신영진구에서 다리 하나만 건너면 대한민국에서 대입 성적이 손에 꼽히는, 교육열 높고 학원 많은 서울 다난동이 있다. 신영진 아이들은 셔틀버스를 타고 다난동 학원에 다니다가 학년이 올라가면 자연스럽게 다난동 학교로 전학을 가곤 했다. 신영진의 학교들은 학년이 올라갈수록 학급 수가 줄어들고 학급당 학생 수도 적어진다. 결국은 떠나는 곳. 5년 전 과학중점고를 표방하며 개교한 신영진고의 대입 성적은 기대에 미치지 못했다.

처음 제안한 사람은 가장 공부를 잘하는 다윤이었다. 다른 아이들이 믿지 못하겠다는 듯한 목소리로 에이, 했다.

"너 경인외고 안 갈 거야? 네가 신영진고 가게 선생님들이 가만둘 것 같아?"

"응. 나는 신영진 갈 거야. 우리 다 같이 간다고 약속만 한다면."

다들 표정이 진지해졌다.

여행 마지막 밤이었다. 은지 엄마가 잠들면 맥주를 나눠 마시기로 했지만 순진한 아이들은 결국 냉장고 구석의 언제 넣어 둔 건지 알 수 없는 맥주 캔에 손도 대지 못했다. 테이블 위에는 치킨 조각과 콜라만 널브러졌다. 그러고도 모두 취한 기분이었다. 3학년 때도 영화 동아리 하자, 고등학교 가서도 연락하자, 그러다가 같은 고등학교 가자는 얘기까지 왔다.

"누가 신영진을 쓰겠어? 거긴 1지망 쓰기만 하면 되는 거야. 다 같이 갈 수 있다니까."

반질반질한 이마에 핏대를 세우고 열심히 설명하는 다윤을 보고 해인이 피식 웃었다.

"너 김상혁 때문이지?"

"뭔 소리야."

"김상혁이 저번에 그러던데? 그냥 제일 가까운 신영진 쓸 거라고. 너네 헤어진 거 아니지?"

해인이 묻자, 다윤은 눈을 피하며 답했다.

"뭐래. 아니야."

"에이, 맞는데?"

"아니야! 아니라고! 아니라잖아!"

다윤이 목과 귀까지 시뻘겋게 달아올라 소리쳤다. 당황한 해인은 웃음을 지웠고 흥미롭게 두 사람을 지켜보던 은지와 소란도 굳어 버렸다. 다윤이 무릎을 세워 앉더니 고개를 파묻고는 어깨를 들썩였다. 테이블 너머의 해인이 다윤 옆에 앉은 은지에게 입모양으로 물었다. 울어? 은지가 몸을 뒤로 빼며 고개를 숙여 다윤을 슥 보고는 고개를 끄덕였다. 해인이 미안하고 난감하고 조금은 귀찮은 얼굴로 다윤에게 다가가 어깨를 감쌌다.

"야, 네가 울면 내가 미안하잖아."

다윤이 천천히 고개를 들었는데, 얼굴이 눈물 범벅이었다. 은지가 말없이 테이블에 놓인 티슈를 두 장 뽑아서 다윤에게 건넸다. 다윤은 티슈를 반으로 접어 코를 한 번 크게 풀더니 바닥에 팽개치듯 던져 버리고는 해인에게 말했다.

"넌 무슨 사과를 그렇게 해? 네가 헛소리를 한 게 문제가 아니라 내가 운 게 문제라 이거야? 너 미안하지 말라고 내가 울지 말아야 한다는 거야?"

"자꾸 그렇게 논리적으로 따지고 들래? 아, 미안하다고. 존나 미안하다고!"

다윤이 뭔가 말을 하려다 말고 다시 울먹거렸다. 해인은 지쳤는지 다윤의 어깨에 걸쳤던 팔을 내려 버렸고 은지가 다윤을 다독거렸다. 소란은 그저 지켜보고만 있었다. 다윤이 코를 한 번 더 풀었다.

다윤에게는 아픈 동생이 있다. 다윤의 부모님은 동생을 보살

피기에도 버겁다. 다윤은 부모님의 걱정도 덜고 싶고 관심도 받고 싶고 칭찬도 듣고 싶어서, 무엇보다 제 방에서 혼자 할 게 딱히 없어서 공부만 열심히 하다가 잘하게 됐다. 하지만 다윤이 좋은 성적을 받는다고 동생이 건강해지는 것도 아니고 부모님에게서 관심과 칭찬을 받는 것도 아니었다. 헛헛한 마음을 남자친구로 채웠다. 사귀고 헤어지고 또 새로 사귀었다. 하지만 누구를 만나도 한 달을 넘기지 못했다. 다정한 은지도, 툴툴거리는 해인도, 무심한 소란도, 안다. 다 안다. 다윤은 외롭다.

"김상혁이랑 진짜 끝났어. 나는 그냥 너희랑 헤어지기 싫은 거야. 우리 같이 신영진 쓰자."

해인은 여전히 진지하지 않았다.

"그래, 그러자. 원서 쓰기 전에 일단 혈서부터 쓰자."

"영화를 너무 많이 본 거 아니냐?"

"할 거면 제대로 해야지. 가장 소중한 걸 걸어야 해. 배신하면 모든 걸 잃어야 해."

"역시 영화를 너무 많이 봤어."

해인과 은지가 농담을 주고받는 동안 다윤의 표정이 서서히 굳었다.

"나 지금 장난하는 거 아닌데."

열린 창 너머로 눅눅한 바닷바람이 불어왔다. 며칠 사이 아이들이 익숙해진 것인지 바다가 변한 것인지, 기겁해서 모든 창을 꽁꽁 닫게 만들었던 묘하게 거북한 비린내가 거의 느껴지지 않았다. 새하얀 등을 시리게 밝힌 오징어배들마저 없다면 하늘과 바다도 구분할 수 없을 지독하게 까만 밤. 그 밤처럼 막막했던 마음들. 서로의 진심뿐만 아니라 자신의 진심도 장담할 수 없었다.

생각에 잠겨 있던 해인이 불쑥 대답했다.

"그래. 나도 신영진 쓸래. 우리 고등학교 같이 다니자."

"나도!"

은지도 곧바로 대답했다. 해인이 은지를 흘끔 보며 안도의 의미로 읽히는 긴 한숨을 내쉬었다.

성적이 좋아서, 여건이 되어서, 욕심이 많아서, 아무튼 각기 다른 이유로 고입에 매진할 아이들이다. 별다른 고민이나 시도 없이 일반고에 진학할 사람은 사실 소란뿐이다.

소란은 여학교에 가고 싶었다. 영진여고, 진리여고, 영인여고 순서로 지원서를 쓸 계획이었다. 세 학교 모두 경쟁률이 높긴 하지만 하나는 되겠지, 신영진고만 아니면 되지, 했다. 열심히 하는 분위기면 좋겠다고 생각했다. 말하기는 멋쩍었다. 전교에서 가장 공부 잘하는 다윤이 외고를 포기하겠다는데 내가 뭐라고. 이런 나도 신영진은 싫은데 다윤이 정말 신영진을 쓸까?

"너는?"

소란이 다윤에게 의심스럽다는 듯 물었다.

"응?"

"너부터 확실히 약속해. 너 정말 신영진 쓸 거야?"

"당연하지. 난 처음부터 신영진 간다고 했잖아."

소란은 세 사람 사이에서 느꼈던 안정과 온기, 충만, 기대와 그만큼의 소외, 불안, 허무, 실망의 감정들을 떠올렸다. 친구들과 헤어지기 싫은 만큼 한 덩어리로 묶이는 것도 싫었다. 중학교만 졸업하면 끝이구나 후련하다가도 혼자가 될까 봐 두려웠다.

신영진중학교에서 공부를 제일 잘하는 다윤, 학교와 선생님의 기대를 한 몸에 받고 있는 다윤. 소란은 좋은 고등학교에 가고 좋은 대학에 가고 좋은 직업을 갖게 될 다윤의 모습을 떠올리기가 괴로웠다. 다윤과 함께 신영진고에 가고 싶어졌다. 다윤을 미워하지 않는다. 질투하지 않는다. 함께 놀고 싸우며 자랐던 친구들이 하나둘 더 나은 곳으로 떠나면서 제자리에 있던 소란이 뒷걸음한 것처럼 되었고, 둘러보니 어느새 까마득히 뒤처져 있었다. 더 이상 패배감을 느끼고 싶지 않았다.

"그럼 나도 약속할게. 나도 신영진 쓸게."

넷은 신영진고등학교를 1지망으로 쓰기로 약속했다.

혈서를 쓰지는 않았다. 대신 타임캡슐을 묻기로 했다. 다윤이

가지고 있던 스프링노트를 한 장 찢어 '네 사람은 신영진고를 1지망으로 쓰겠다'는 내용만 적고 차례로 이름과 사인을 남겼다. 종이를 돌돌 말아 역시 다윤이 가지고 있던 원통 모양의 철제 필통에 넣고 싱크대 서랍에서 찾아낸 청테이프로 뚜껑과 몸통을 단단히 고정시켰다. 해인이 묻는지 탓하는지 알 수 없는 혼잣말을 했다. 다윤이는 왜 여행에 필통을 가져온 거야.

별장은 공사 중이고 정원은 어수선했다. 마른 나뭇잎과 부러진 가지들이 나뒹굴고 정원석도 크기와 높낮이가 제멋대로인데, 바닷가가 바로 내려다보이는 돌담 앞 먼나무만 줄을 맞춰 심겨 있다. 골목 입구에서도 보일 정도로 유난히 키가 큰 가로등 빛을 받아 초록 잎과 빨간 열매가 크리스마스트리처럼 반짝였다. 그 가로등 밑으로 정했다. 정원을 더 다듬는 과정에서 자갈도 고르고 여기저기 흙도 파헤치겠지만 가로등만은 변함없을 것 같았다.

아이들은 은지 엄마가 자고 있는 것을 다시 한번 확인한 후 주방에서 숟가락을 가져와 정원으로 나갔다. 그리고 흙을 파기 시작했다. 흙이 단단해 생각보다 쉽지 않았다. 모두 말없이 흙 파기에만 열중하고 있는데 갑자기 해인이 교가를 불렀다. 다윤과 은지가 자연스럽게 후렴을 따라 불렀다.

"아! 아! 진리의 전당, 우리의 신영진……."

다윤이 배를 움켜잡고 깔깔 웃으며 흙바닥에 드러누웠다.

"이게 뭐야? 우리 왜 이 야밤에 숟가락으로 땅을 파고 있는 거야? 누가 보면 미친 줄 알겠어."

"아, 눈물 나, 어떡해. 이해인은 왜 교가를 불러? 학교 좋아하지도 않으면서."

"너네도 따라 불렀잖아!"

해인과 은지도 흙바닥에 주저앉아 버렸다. 소란만 끅끅 웃음을 참으며 계속 땅을 팠다. 사실 별로 웃길 것도 없는 일들인데 웃느라 한동안 정신을 못 차렸다.

1년 6개월 후, 그러니까 고등학교 1학년 여름방학에 와서 파 보기로 했다. 타임캡슐 안에 적힌 약속을 지키지 못한 사람은 그 방학 여행을 함께할 수 없다는 뜻이다. 그때는 어떤 조건보다 무서웠던 다짐. 태어나 가장 외롭고 가장 힘들고 알 수 없게 두려웠던 열여섯 2월의 어느 밤, 장장 한 달을 졸라 떠나게 된 제주 여행, 아이들은 가장 중요한 것을 걸고 약속했다. 하지만 마음 한구석에 남은 아주 작은 의심까지 털어 내지는 못했다. 의심은 타인을 향한 것이기도 했고 자신을 향한 것이기도 했다.

천장이 높은 신영진고 강당은 작은 소리도 웅웅 울렸다. 신입생들은 대부분 도착해 자리에 앉았고 학부모석은 거의 비었다. 소란은 향기가 없는 꽃다발에 얼굴을 파묻었다.

"소란아!"

익숙한 목소리.

소란의 심장이 빠르게 뛰었다.

이 입학식까지 정말 많은 일들이 있었다.

아파트 단지 위로 붉은 달이 떠 있었다.

줌을 당겨 찍은 사진은 색이 흐릿한 대신

달이 커다래서 신비롭게 느껴졌다.

이게 블러드문이구나.

이러다가 달이 다시 드러나는 거구나.

다윤의 이야기

"김다윤, 잠깐 선생님이랑 얘기 좀 할까."

담임의 표정이 굳어 있었다. 다윤은 죄지은 사람처럼 고개를 푹 숙이고 조용히 선생님을 따라나섰다. 전날 경인외고 최종 결과가 나왔고 다윤은 불합격했다. 담임도 속상하겠지만 그렇다고 다윤이 혼날 일은 아닐 텐데. 의문이 가득 담긴 시선들이 다윤에게 쏠렸다.

앞자리의 아이가 소란을 향해 돌아앉았다. 알고 있는 것을 말해 보라는 듯 눈썹을 올리며 고개를 갸웃했다. 소란이 움찔 몸을 뒤로 젖혔다.

"왜 나를 봐?"

"다윤이 무슨 일이야?"

"나야 모르지."

"에이, 너네가 서로 모르는 것도 있어? 너네 넷이 사귀잖아."

소란의 짝이 심드렁히 끼어들었다.

"아닌데? 쟤네 요즘 완전 싸하던데? 차소란 혹시 김다윤이랑 헤어졌냐?"

"사귀지도 않았어."

덤덤히 대답은 했는데 얼굴이 달아올라 소란은 고개를 푹 숙였다.

다윤은 상담실에 처음 왔다. 나무 팻말 한가운데 둥글둥글 귀여운 글씨로 '상담실'이라고 쓰여 있고 테두리를 빙 둘러 연두색 줄기와 짙은 초록 나뭇잎, 붉은 꽃들이 그려져 있다. 팻말 아래에는 역시 비슷한 글씨체로 출력한 안내문이 붙어 있었다. '상담실은 누구에게나 열려 있습니다'.

딱딱한 철제 테이블을 가운데 두고 담임과 다윤이 마주 앉았다. 담임은 볼펜 뒤꽁무니를 엄지로 연달아 눌렀고 짧은 볼펜심이 튀어나왔다가 사라지기를 반복했다.

"선생님 화난 거 아니야."

화났다는 뜻이구나.

"혼내려고 부른 것도 아니고."

혼내고 싶다는 뜻이구나.

"그냥 궁금해서 그래."

대답하기 전에는 나갈 수 없겠구나.

"왜 안 갔니?"

예상했던 질문인데도 두 눈에서 눈물이 뚝뚝 떨어졌다. 다윤은 스스로도 당황스러워 손등으로 눈물을 쓱쓱 닦아 냈다. 그동안 학교에서 너무 많이 울었다. 집안 사정까지 알려지며 불쌍한 아이로 기억되는 것 같아 싫었다. 아랫입술을 꽉 물고 다른 생각을 하려고 노력했다. 그런 다윤을 보는 담임의 눈에 연민이 가득했다.

"무슨 일이 있기는 있구나."

담임은 재작년 봄을 생각했다. 중학교 첫 영어 시간, 긴장을 풀자는 뜻에서 디즈니 애니메이션 노래들로 수업했다. 쑥스러워서인지 유치해서인지 입을 꾹 다물고 있는 아이들 틈에서 손으로 박자를 맞추며 열심히 따라 부르는 학생 하나가 눈에 들어왔다. 일부러 발표를 시키고 이름을 물었다. 김다윤입니다. 아직 초등학생 티도 못 벗은 아이가 말끝을 흐리지 않고 또박또박 대답하는 게 그렇게 예뻐 보일 수가 없었다.

똘똘한 아이구나, 하다가 공부를 꽤 잘한다는 것을 알게 되었고 집안 사정도 알게 되었다. 내내 마음이 쓰이던 차에 3학년 때 담임이 되었다. 영어를 잘하고 좋아하는 다윤이 외고에 가면 좋겠다고 생각했다. 하지만 어린 다윤 혼자 특목고 입시를 준비하기에는 현실이 녹록지 않았다.

담임은 솔직히 다윤을 위해 영어 토론 대회와 영어 백일장을 열었다. 청소년 모의 유엔 회의에 다윤을 추천했고 외국인 관광객을 대상으로 하는 고궁 안내 봉사활동을 시켰다. 다윤에게도 자소서에 끼워 넣을 '스펙'이라는 게 생겼다. 담임과 다윤은 노트북을 앞에 두고 나란히 앉아 원서를 쓰고 일주일에 두 번씩 면접 연습도 했다. 그런데 다윤이 그 면접에 가지 않은 것이다.

"네가 떨어질 리가 없잖아. 아무래도 너무 이상해서 알아봤어. 가기 싫었니?"

다윤은 고개를 저었다.

"등록금이 부담됐어?"

이번에도 고개를 저었다.

"다른 사람은 몰라도 나한테는 얘기해 주면 좋겠는데."

다윤은 주머니에서 휴대폰을 꺼냈다. 메시지 창을 하나 열어 담임 앞에 밀어 놓았다. 담임은 휴대폰을 당겨서 내용을 확인하더니 고개를 갸웃했다. 한참 만에 아, 하며 벌린 입을 다물지 못하고 있다가 더듬더듬 물었다.

"동생이 아팠어?"

다윤은 입술의 마른 살갗을 앞니로 물어뜯기만 할 뿐 대답하지 않았다.

"다윤이 동생 이름 아니야?"

"엄마가 보낸 게 아니에요."

담임은 이해하지 못한 얼굴이었다. 분명 위아래로 다윤과 엄마가 주고받은 메시지들이 이어져 있다.

"엄마 번호긴 한데 엄마가 보낸 게 아니에요. 누가 보낸 건지 모르겠어요."

면접 전날도 동생은 밤새 기침을 했다. 안 그래도 긴장해서 잠이 안 오는데 솔직히 거슬린다고 생각했다. 이제 동생의 기침 소리는 봄이 오고 있구나, 겨울이 오고 있구나, 를 알려 줄 뿐이다. 알람이나 전화벨, 인터폰 멜로디 같은 것이다.

다윤에게도 걱정하던 때가 있었다. 분명 진심으로 동생의 거친 숨소리와 잔기침에 마음을 졸였다. 자고 있는 동생의 코 아래에 손가락을 대 보며 숨을 잘 쉬고 있는지 확인했고 맥박을 느끼려 손이 아니라 손목을 붙잡고 다녔다. 울다가 잘못되기라도 할까 봐 제대로 싸워 보지도 못했다. 동생의 콧잔등에 주름이 생기거나 미간이 일그러지기 시작하면 다윤은 곧바로 수긍하고 양보하고 사과했다.

동생이 태어나기 전, 다윤이네는 할머니와 위아래 층에 살았다. 직장에 다니는 부모님을 대신해 할머니가 거의 다윤을 키웠다. 할머니는 스웨터를 좋아했고 면 요리를 좋아했고 올드팝을 들으며 신문 읽는 것을 좋아했고 무릎이 안 좋아 편하게 움직이지 못했다.

다윤은 오전에는 어린이집에 갔다가 오후에는 할머니 집에서 TV를 보았다. 그림책도 들춰 보고 색종이도 접었다. 친구들이 근처 놀이터에서 매일 어두워지도록 뛰어논다는 것을 알았지만 한 번도 할머니에게 놀이터에 가자고 조르지 않았다. 그러다 불쑥 '외롭다'고 말했다. 고작 다섯 살이던 다윤이 너무 외롭다고, 동생이 있었으면 좋겠다고 했다. 부모님이 뒤늦게 둘째를 낳기로 한 것은 오로지 다윤의 외롭다는 말 때문이었다.

다윤은 엄마의 배 속에 아기가 있다는 것을 알고 아침저녁으로 배를 쓰다듬으며 여자 동생 태어나게 해 주세요, 하고 기도했다. 밤마다 엄마의 불룩한 배에 노래를 불러 주고 동화책을 읽어 주고 삐뚤삐뚤 서툴게 자신의 이름을 썼다. 김, 다, 윤. 사실은 기다운일 때도 있고 김다은일 때도 있었지만 김다운일 때가 제일 많았다. 간지러운 엄마와 간지러워하는 엄마가 웃긴 다윤은 아무 생각도 걱정도 없이 뒹굴며 웃었다. 엄마가 출산휴가를 내고 동생이 태어나기를 함께 기다리던 한 달이 다윤에게도, 엄마에게도 가장 행복한 시간이었다.

진눈깨비가 흩날리던 크리스마스이브 새벽, 은총처럼 동생 다정이 태어났다. 바람대로 여자아이였다. 그런데 봄이 되면서 다정은 그 작은 몸으로 기침을 했다. 다정의 기침이 멈추지 않고 숨까지 가빠지자 엄마는 직장을 그만두었다. 그리고 가족은 할머니 집을 떠나 다정이 다니던 종합병원 근처로 이사했다.

다윤은 얼른 동생과 함께 놀고 싶었다. 아침마다 다른 색깔의 고무줄로 머리를 묶어 주고 작은 숟가락으로 일일이 밥을 떠먹여 주고 물 묻힌 맨손으로 코를 풀어 주던 엄마가 밤낮없이 동생만 보고 동생에게만 매달려 있는데도 투정 한번 부리지 않았다. 조용히 기다렸다. 하지만 다정은 건강해지지 않았다.

다윤의 마음은 오래도록 같은 자리에 꽂아 둔 책등의 색이 날아가듯 자연스럽게 사라졌다. 왜 칭찬해 주지 않지, 하는 마음이 든 게 시작이었다. 아마 초등학교 1학년 겨울방학이었을 것이다.

다정의 목에서 그릉그릉 가래 끓는 소리가 났다. 엄마는 취사 완료 멜로디가 막 울린 전기밥솥을 열어 급하게 밥을 푸고 끓는 국을 담아 식탁에 올려놓으며 다윤에게 너 먼저 먹어, 했다. 그리고 겨울 내내 난방과 가습기를 가동해 적정 온습도가 유지되는 안방으로 동생을 안고 들어갔다.

다윤 혼자 식탁에 앉았다. 방문 너머로 동생의 짜증 섞인 울음소리를 들으며 멍하니 국을 한 숟갈 떠 입에 넣었다. 너무 뜨거워 감전된 듯 온몸이 튀어 올랐다. 냉장고를 열어 물통을 꺼냈지만 선반 위의 컵에 손이 닿지 않았다. 입 안이 타는 듯했다. 다윤은 급히 물통에 입을 대고 물을 마셨다. 물이 왈칵 쏟아져 나오는 바람에 옷이 다 젖었다. 도움이 필요했지만 동생이 기침까지 시작해 엄마를 부를 수 없었다.

다윤은 옷이 젖은 채로 밥과 국을 후후 불어 식혀서 먹고 빈 그릇들과 수저를 개수대에 넣어 놓고 가만히 식탁 의자에 앉아 있었다. 한참 만에 엄마는 잠든 동생을 눕혀 놓고 땀으로 범벅이 되어 안방에서 나왔다. 이마에 달라붙은 머리칼에 눈이 찔리는 채로 엄마는 말없이 다윤을 보기만 했다. 다윤이 먼저 말을 걸었다.

"엄마, 옷에 물을 좀 쏟았어요."

"그래."

"국이 너무 뜨거워서 찬물 꺼내 마셨어요."

"그래."

무슨 얘기든 좀 더 하고 싶었는데 엄마는 의미 없는 대꾸만 할 뿐 대화를 이어 가지 않았다. 다윤이 다시 말했다.

"컵을 꺼내려고 했는데 손이 안 닿아서 그냥 통째로 마셨어요. 그러다가 쏟았어요."

"뭐? 물통에다 입을 대고 마셨단 말이야?"

엄마가 갑자기 화를 냈다. 잠든 동생이 깰까 애써 목소리를 낮추며 질타의 말들을 조곤조곤 쏟아 냈다.

"아무리 그래도 그렇지. 식구들이 다 같이 먹는 물에 입을 대고 마시면 어떻게 하니? 엄마한테 컵을 꺼내 달라고 했어야지. 왜 그렇게 생각이 없어? 당장 옷부터 갈아입어!"

엄마는 베란다 빨래 건조대에서 내복을 걷어 와 다윤에게 건넸다. 뒤집혀 빳빳하게 마른 내복을 다윤이 다시 뒤집자 오래 널려 있던 내복에서 부옇게 먼지가 날렸다. 차가운 옷을 입으니 몸이 부르르 떨렸다. 다윤 혼자 옷을 갈아입고 젖은 옷을 베란다 세탁기 앞의 빨래 바구니에 넣어 두고 돌아올 때까지 엄마는 같은 자세와 표정으로 벽에 기대어 앉아 있었다.

"저 혼자 단추 잠갔어요. 입었던 옷은 빨래 바구니에 넣어 뒀고요."

"알았다."

엄마가 잘했다, 라고 말할 줄 알았다. 다윤은 아무리 애써도 엄마가 칭찬해 주지 않는다는 사실을 깨달았다. 동생이 태어나기 전보다 더 외로웠다.

"다정이 그만 아팠으면 좋겠어. 아플 거면 그냥 없어졌으면 좋겠어. 괜히 동생 낳아 달라고 그랬어."

속상한 마음에 불쑥 말해 놓고는 이제 엄마한테 혼나겠구나, 겁이 났다. 그런데 엄마는 혼내지 않았다. 화를 내지도 않았다.

엄마도 같은 생각이었는지 모르겠다. 한참 후에야 나지막이 말했다.

"긴병에 효자 없는 법이지."

하지만 엄마, 나는 다정이의 자식이 아니야. 엄마도 다정이의 자식이 아니라 엄마이고. 또 내 엄마이기도 하지.

경인외고 면접 날 아침, 엄마는 눈을 비비며 교복 와이셔츠를 다리고 있었다. 식탁에는 잡곡밥과 된장국, 소시지가 놓여 있고 다윤은 냉장고에서 멸치와 김치를 꺼내 반찬통째 올려놓았다.

"엄마는 아침 먹었어요?"

"이거부터 다리고. 어제 다정이 옆에 잠깐 누웠다가 깜빡 잠든 거 있지. 그래도 네가 빨아 놨기에 망정이지. 면접에 누런 셔츠 입고 갈 뻔했어."

오늘 면접인 건 기억하고 있구나. 그런데 엄마, 면접에 교복 입고 가면 안 되는데. 다윤은 지금 다리고 있는 그 셔츠를 입을 수 없다는 말이 차마 나오지 않았다. 괜히 젓가락으로 밥그릇에 붙은 밥알만 뗐다. 엄마가 멋쩍게 웃으며 말했다.

"미안해. 맛있는 반찬 못 했어. 엄마가 고등어 사 놨다. 저녁에 묵은지 깔고 조려 줄게."

"그런 게 아니라……"

다윤을 올려다보는 엄마의 두 눈이 푹 꺼져 있었다. 밤에는 둘째 딸 병 수발을 들고 아침에는 큰딸 교복을 다리느라 잠도 못 자고 밥도 못 먹는 엄마. 아직 마흔 살도 되지 않은 엄마. 하지만 다윤도 겨우 열여섯이었다.

"교복 입고 갈 수 없어요. 면접장 들어갈 때는 겉에 점퍼까지 입힌대. 어느 중학교인지 어떤 옷 입었는지 면접관들은 알 수 없게. 그래야 공정하니까."

"아, 그래. 얘기했었지. 이제야 기억이 나네."

학년 초 담임의 면담 요청에 엄마는 두 번이나 약속을 미루었다. 한 번은 다정이 입원을 해서였고 다른 한 번은 엄마가 몸살이 나서였다. 다윤의 눈에는 엄마가 크게 아파 보이지 않았다. 애타는 것은 오히려 담임이고 엄마는 요즘 외고 잘 안 간다던데, 괜히 떨어지면 엉뚱한 고등학교 가는 거 아니냐며 심드렁했다.

"다윤아, 너 경인외고 가고 싶니? 외고 다 없어진다며. 영림이나 영진여고 쓰면 되잖아."

면담 후 엄마는 생각을 바꾸었다. 담임은 정시가 확대되면 우수한 학생들 사이에서 수능 점수를 올리는 것이 중요하다고, 같이 학교 다니는 학생들의 수준을 봐야 한다고, 부모가 입시에 올인하기 어려운 집일수록 섬세하게 관리해 줄 학교가 필요하고, 다윤처럼 독보적인 학생이 신영진구에 있기는 너무 아깝다고 엄마를 설득했다. 원서 작성부터 면접 준비까지 책임지겠다고도 했다.

"우리한테 이런 기회, 다시는 없을 것 같아. 다윤이가 합격만 하면 엄마가 더 바랄 게 없다."

다윤은 자신의 일에 눈을 반짝이며 관심과 의욕을 보이는 엄마의 모습이 얼마 만인지 기억조차 나지 않았다. 벅차기도 하고 서럽기도 했다. 그 마음으로 끌려가듯 따라가듯 원서를 쓰고 면접을 앞두었다.

학교 앞 도로는 승용차들로 복잡했다. 다윤 또래의 학생들이 줄줄이 차에서 내렸다. 대체로 혼자였지만 서로 팔짱을 끼거나 손을 잡고 함께 교문으로 들어서는 아이들도 있었다. 의외로 대부분 표정이 밝고 보폭이 컸다. 기대와 긴장이 아이들을 흥분시켰는지 행동이 조금 과장되고 어색하기도 했다.

입실 완료 시간은 8시 30분. 지금 이대로 들어가면 8시 조금 넘어서 대기실에 도착하려나. 그때 주머니에 넣어 둔 휴대폰이 부르르 떨렸다.

'다정이가 많이 안 좋아 지난번 그 응급실'.

엄마의 메시지. 다정은 정기적으로 병원에 다니고, 사이사이 갑자기 상태가 안 좋아지면 또 병원에 가고, 심각하면 가끔 응급실을 찾기도 한다. 다윤이 우뚝 멈춰 서서 메시지를 들여다보고 있는데 흔한 여자 목소리가 들렸다.

"딸! 딸!"

다윤은 주위를 두리번거렸다. 자동차에 대해 잘 모르는 다윤이 보기에도 꽤 오래된 모델인, 하지만 말끔하게 닦여 반짝이는 흰 승용차 운전석에서 팔 하나가 삐죽 나왔다.

"림아! 우리 림이 파이팅!"

다윤보다 한 걸음 앞서서 걷고 있던 여자아이 하나가 승용차를 향해 돌아서서 손을 흔들었다.

저 아이의 이름은 뭘까. 혜림? 미림? 유림? 다윤의 엄마도 다윤을 윤아, 하고 불렀었다. 오래전 얘기다.

다윤은 통화 버튼을 눌렀다가 엄마가 전화를 받기도 전에 끊고 일단 지하철역으로 뛰었다. 다급히 개찰구를 통과해 플랫폼에 막 들어서자 지하철이 미끄러지듯 들어왔다. 곧 자리가 났지만 앉고 싶지 않았다. 선 채로 병원 앞 지하철역에 거의 도착했을 때 엄마에게서 전화가 왔다.

—전화했었네? 잘 도착했어? 면접은 아직이지?

"어디야?"

—어디긴. 집이지. 왜?

"다정이는?"

―학교 갔지. 왜 그래, 갑자기? 무슨 일 있어?

"엄마가 나한테 문자 보냈잖아."

―문자? 무슨 문자?

"문자, 아까, 안 보냈어?"

―무슨 소리를 하는 거야? 무슨 일 있니, 다윤아?

"아…… 아니야. 나중에 전화할게."

8시 50분. 다시 학교로 돌아가면 아마도 9시 30분쯤? 대기실 문은 닫혔을 것이고 면접은 한참 진행 중일 것이다. 다음 역에서 내렸다. 반대 방향 지하철에 엉거주춤 올랐고 면접장을 향했다. 하지만 내리지 않았다. 그대로 끝까지 가서 종착역 앞 롯데리아에서 한참 넋을 놓고 앉아 있다가 다시 지하철을 타고 집으로 돌아왔다.

다정은 식탁에 앉아 책을 읽고 있었다. 엄마가 그 옆에 붙어 앉아 귤을 흰 속껍질까지 한 가닥 한 가닥 벗겨서 다정의 입에 넣어 주면, 다정은 눈을 책에 고정한 채로 입만 벌려서 엄마가 주는 대로 받아먹었다. 면접은 잘 보았냐는 엄마의 질문에 다윤은 아니, 짧게 답하고 입을 다물어 버렸다. 욕실을 오가는 다윤을 흘끔흘끔 보는 엄마의 눈에 질문들이 가득했지만 엄마는 아무것도 묻지 않았다.

다윤은 저녁도 먹지 않고 방에 틀어박혔다. 지난 핼러윈 때 은지에게 선물받은 컬러링북을 오랜만에 꺼냈다.

10월 마지막 날, 은지와 소란, 해인, 다윤은 각자의 학원으로 헤어지기 전 잠깐 학교 앞 편의점 의자에 앉아 있었다. 볼에 해골을 그린 꼬맹이 둘이 지나갔다. 그리고 까만 망토를, 뾰족모자를, 악마 뿔 머리띠를 입고 쓴 아이들이 우르르 한 건물에서 나왔다. 빤히 아이들을 보던 다윤이 말했다.

"아, 오늘 핼러윈. 초딩 때만 해도 핼러윈 때 진짜 잘 놀았는데."

크리스마스보다 핼러윈의 추억이 더 많다. 크리스마스는 휴일이라 친구들도 만나지 않는 데다 산타클로스 이야기를 믿지 않게 된 이후로 재밌는 날이 아니었다. 대신 핼러윈 때는 영어 학원에서 파티를 했다. 유치부 때는 선생님과 근처 상가를 돌면서 사탕을 얻어 왔고, 초등부 때는 단어 시험 때 모은 포인트로 작은 학용품이나 간식거리를 사고 선생님들이 만드는 떡볶이도 사 먹고 페이스페인팅도 했다.

"트릭 오어 트릿?"

은지가 갑자기 해인을 향해 물었다.

"미친."

해인이 가볍게 무시하며 넘어가는 듯했다. 그때 다윤이 우리

끼리라도 이벤트를 하자고 했고 은지가 쓸모없는 선물 하기를 제안했다.

일주일 후, 다윤은 해인에게 남성용 사각팬티를 선물했고 변태라는 평가를 받았다. 해인은 소란에게 어린이 영어 테이프를 건네며 사실 테이프에 녹음된 것은 영어가 아니라고, 들으면 깜짝 놀랄 거라고 덧붙였다. 소란은 테이프를 들을 수 있는 곳을 미친 듯이 검색했다. 소란이 은지에게 BTS 티머니카드를 선물하자 해인이 고함을 지르며 선물을 바꾸자고 펄쩍펄쩍 뛰었다. 은지에게는 필요 없는 것이 맞지만 아미인 해인에게는 필요한 것이므로 선물 교환은 허락되지 않았다. 선물 교환을 가장 격렬하게 반대했던 다윤이 물었다.

"이해인 너는 매사 시큰둥한 애가 어떻게 평생 한번 만나지도 못할 연예인한테 그렇게 열정적이야?"

"평생 한번 만나지도 못할 테니까. 구질구질하게 엉킬 일 없고 얼마나 좋냐."

"그 마음 반만 옆에 있는 우리한테 쏟아 봐라."

"싫어. 구질구질해."

"참 나."

그날 은지가 다윤에게 컬러링북을 선물했다. 이게 뭐가 쓸모없느냐고, 이벤트 취지에 맞지 않는다고 다들 야유했지만 다윤은 그림 그리는 취미 없다며 선물을 챙겼다.

분홍과 빨강, 노랑, 세 가지 색으로 암술과 수술이 다 드러나도록 활짝 펼쳐진 꽃잎들에 음영을 넣어 가면서 칠했다. 마지막으로 암술 끝에 아끼는 금색으로 포인트를 주고 있는데 연필심이 뚝 부러졌다. 심이 너무 많이 드러나도록 연필을 깎아 둔 것도 아니고 평소보다 힘을 세게 준 것도 아니었다. 그냥 그렇게 되었다. 부주의하지 않았고 경솔하지 않았는데 망가지는 일들이 있다. 이럴 때 대부분의 사람들은 '운이 없었다'고 말한다.

담임과 상담실에 갔던 다윤은 1교시 수업이 시작된 후에야 조용히 뒷문을 열고 교실로 들어왔다. 아이들은 호기심 어린 눈으로 다윤을 한 번씩 돌아보았다. 다윤의 짝이 낯게 뭐야? 하고 물었지만 다윤은 고개만 저었다. 다윤의 바로 옆 분단, 좁은 통로를 사이에 두고 나란히 앉은 소란은 고개를 꼿꼿하게 들고 선생님만 보고 있었다.

쉬는 시간이 되어 몇몇 아이들이 다윤 곁에 모여들자 소란은 후드 집업을 벗어 머리에 뒤집어쓰고는 책상에 엎드렸다. 팔을 머리 위로 올린 자세를 취하자 셔츠 끝자락이 체육복 바지의 허릿단보다 살짝 위로 당겨졌다. 남학생 하나가 굳이 소란의 자리를 통해 지나가겠다고 소란의 의자를 발로 툭툭 밀었고 소란은 엎드린 자세 그대로 발바닥과 엉덩이에 힘을 주고 의자를 앞으로 당겼다. 남학생은 아주아주 천천히 소란의 뒤를 지나가며 킬킬 웃었다. 그제야 의도를 알아챈 소란이 의자를 밀치며 벌떡 일어났다. 남학생은 소란의 의자와 뒷자리 책상과 함께 우당탕 요란한 소리를 내며 나자빠졌다. 그러고도 소란을 향해 빙글빙글 웃었다.

"아, 씨발, 짜증 나."

소란은 후드를 남학생의 얼굴에 집어 던지고 교실을 나가 버렸고, 남학생은 소란의 옷에 코를 박고 킁킁거렸다. 상혁이 성큼성큼 걸어오더니 옷을 빼앗아 소란의 책상에 올려놓고는 남학생의 발을 걸어찼다.

"어지간히 좀 해라, 이 변태 새끼야."

바로 옆에서 소동이 벌어지고 있는데도 다윤은 어색할 정도로 그쪽으로 시선을 주지 않았다. 가만히 정면 어딘가를 응시했다. 아이들은 다윤과 소란 사이에 정말 변화가 생겼구나, 생각했다. 어쩌면 상혁까지도.

상혁은 다윤의 마지막 남자친구였다. 3학년이 되기 직전에 헤어졌다. 무려 5개월을 만났으므로 가장 오랜 기간 다윤의 남자친구였다고 할 수 있다. 하지만 1학년 때 두 달을 사귀다가 헤어지고 2학년 말 다시 사귀는 동안에는 긴긴 겨울방학이 끼어 있었으므로 실제 만난 기간은 두 달 더하기 한 달 정도다.

1학년 때 처음 사귀자고 한 것도 상혁이었고, 헤어진 후 다윤이 숱하게 남자친구를 바꾸는 모습을 지켜보다가 공백을 노려 다시 사귀자고 한 것도 상혁이었다. 그러다 결국 최후의 이별 통보를 받았다. 다윤이 이제 우리도 고등학교 갈 준비 해야…… 까지 말했을 때 상혁은 포기했다는 얼굴로 알았어, 알았어, 하며 손을 내저었다.

"마음 바뀌어서 누구 사귀고 싶으면 그냥 나한테 연락해."

다윤은 늘 허리를 꼿꼿하게 펴고 앉는다. 아이들 대부분이 구부정하게 책상에 반쯤 엎드린 교실에서 다윤은 눈에 띄는 학생이었다. 얼핏 지나칠 정도로 명랑한데, 조심스러움과 망설임이 당당함 사이로 언뜻언뜻 느껴진다. 물론 다윤이 신영진중 최다 연애 경험 보유자가 된 데에는 이런 호감과 반전 매력만 작용한 것은 아니다. 고백을 잘 받아 주기 때문이었다.

중학교에 입학하자마자 사귄 다윤의 첫 남자친구는 통로 건너 옆에 앉은 남학생이었다. 남학생은 선생님이 교실에 들어온 후에야 급하게 수업 준비를 하다가 교과서를 통로에, 필통을 자기 책상 밑에 떨어뜨렸다. 다윤은 떨어진 교과서를 집어 들어 그 애의 책상 위에 놓았다. 남학생은 고맙다고 말하고 싶어 다윤을 흘끔거리며 기회를 보았다. 정작 눈이 마주치자 말이 나오지 않았다. 수업은 안 듣고 자신만 신경 쓰고 있는 남학생에게 다윤이 낮게 말했다.

"앞에 봐."

그 모습에 반해 버린 남학생이 다윤에게 고백했고 다윤은 흔쾌히 받아 주었다. 다윤은 하교할 때 기다려 주는 사람이 있다는 게, 학원 수업 틈틈이 톡을 보낼 사람이 있다는 게, 자신을 보고 싶어 하고 손을 잡고 싶어 하는 사람이 있다는 게 마냥 좋았다. 하지만 감정은 채 한 달을 가지 않았다. 지루해하다가 귀찮아하다가 헤어진 뒤 다른 남자애가 고백하자 또 흔쾌히 받아 주었다. 그런 일이 반복됐다.

2학년 때 소란과 다윤은 같은 반이 되었다. 어느 쉬는 시간, 소란은 의자에 눕듯이 기대어 앉아 폰을 보고 있었다. 창밖도 보고 소란스러운 아이들 구경도 했다.

앞자리의 다윤과 남자친구는 마주 보고 손을 잡고 있었다. 아무 말도 없이 비죽비죽 웃고만 있는 둘을 보며 소란은 며칠이나 갈까, 조금 한심하다고 생각했다. 그때 둘이 갑자기 쪽, 하고 뽀뽀를 했다.

신영진중 교실에는 노는 애가 따로 없다. 연애하는 애, 화장하는 애, 담배 피우는 애, 수업 안 듣는 애, 공부 잘하는 애, 학급 임원이 각각 다른 아이들이 아니다. 연애하면서 공부 잘하고, 학급 임원도 담배 피우고, 심지어 수업을 안 듣는데 공부는 잘한다. 어른들은 자꾸 구분하려 하지만 아이들은 그렇게 단순히 묶이지 않는다. 그걸 알면서도 소란은 다윤의 행동이 당황스러웠다. 그때 소란의 짝이 한마디 했다.

"야, 이 미친 것들아. 애정 행각은 집에 가서 해!"

다윤이 돌아보며 싱긋 웃었다.

"우리가 집이 없어서."

짝은 허, 하고 짧은 한숨을 내뱉으며 중얼거렸다.

"김다윤이 아까워, 매번 아까워."

소란은 다윤의 역대 남친들을 떠올려 보았다. 생각나는 사람이 별로 없었다. 존재감이 없는 아이들, 희미한 아이들, 매력이 없는 아이들. 유일하게 괜찮았던 애는 상혁뿐이다. 상혁은 성적인 비속어를 쓰지 않고, 줄을 잘 서고, 필통에 필요한 학용품을 제대로 넣어 다니고, 옷을 단정하게 입고, 가방 모서리와 실내화 앞코가 깨끗하다. 다윤은 상혁이 화장실 갔다 올 때 비누로 손을 씻는다고 말했다.

"그걸 어떻게 알아?"

은지가 음흉하게 웃으며 묻자 다윤이 아련한 눈으로 대답했다.

"손에서 비누 냄새가 나더라고."

그러고는 자세를 고쳐 앉으며 덧붙였다.

"내가 남자는 좀 아는데, 비누 냄새 나는 남자는 괜찮은 남자다? 나 비누로 손 씻는 남자애 처음 봤어. 손을 씻는 것 자체가 희귀하긴 하지만."

"그건 당연한 거지 괜찮은 게 아니야. 하여간 눈 진짜 낮아. 손 씻는 게 뭐라고."

해인이 고개를 저으며 한심해했다.

소란은 상혁이 괜찮긴 하지, 생각했다. 상혁과는 초등학교 6학년 때 같은 반이었다. 그때도 상혁은 지금의 장점들을 모두 가지고 있었는데 시간이 지나면서 업그레이드된 느낌이다. 그 생각이 전부다. 그런데 말도 안 되게 소란이 상혁을 좋아한다는 소문이 도는 모양이었다.

처음에는 비웃었다. 내가 상혁이를 좋아한다고? 차라리 다윤이면 몰라도. 하여간 다들 편견들이 심해요. 하지만 소문은 사라지지 않았다. 소란은 상혁이 좋긴 했다. 그런데 이 좋은 감정과 그 좋은 감정이 같은 감정인가.

다윤 엄마는 메시지를 보낸 적이 없는데 다윤은 엄마의 메시지를 받았다. 다정이 잠든 밤, 인스턴트커피와 율무차, 자잘한 봉지 과자, 다정의 약, 각종 영양제가 한 자리를 차지해 더 작아 보이는 4인용 식탁 앞에 잠들지 못한 세 식구가 모였다. 부모님 맞은편에 앉으니 다윤은 왠지 혼나는 기분이 들었다. 엄마가 물을 따라 오면서 다윤 옆자리로 와 앉았다.

"다윤 아빠 원한 산 일 있어?"

"내가 원한 가진 일은 많지."

"농담해?"

"농담 아닌데."

엄마는 찬물을 단숨에 마셨다.

"내가 통신사하고 경찰에 좀 알아봤어. 결론 먼저 말하면 경찰에 정식으로 신고를 하고 수사를 의뢰해야 한대."

휴대폰에서 발신 번호를 지우거나 바꿀 수 없게 된 지가 한참이다. 단순하게 번호를 바꿔 보낸 장난 정도가 아니라 누가 엄마의 개인정보를 도용한, 생각보다 심각한 범죄이고 그래서 오히려 신고할 수가 없었다고 한다.

"그 문자 하나가 전부야. 돈을 요구한 것도 아니고 협박한 것도 아니고 다윤이 말고는 전화나 메시지를 받은 사람도 없어. 우리 가족 번호며 집안 사정이며 다윤이 원서 낸 거, 면접 보는 날까지 다 잘 아는 사람이라는 뜻인데……."

흥분해서 점점 말이 빨라지고 목소리가 커지던 엄마는 가위로 문장을 싹둑 잘라 내듯 부자연스럽게 말을 끊었다. 다윤은 엄마의 말줄임표 안에 어떤 말이 숨어 있는지 알 것 같았다. 아빠가 다윤에게 물었다.

"혹시 짐작되는 사람 있니? 최근에 친구랑 싸운 적 있어?"

다윤은 고개를 저었다.

"다윤아, 저번에 우리 집 찾아왔던 남자애 있잖아⋯⋯. 아, 아니다."

엄마는 차마 말을 마무리하지 못했고, 다윤은 입술을 뜯으며 골똘히 생각하다 물었다.

"근데 아빠, 잡았는데 진짜 제가 아는 애거나 같은 반이거나 그러면, 중학생도 처벌받아요?"

"형사처벌 안 받는 게 아마 만으로 열네 살까지일걸. 다윤이가 지금 만 열다섯 살인가?"

"고등학교 못 가는 거 아니에요?"

"그 정도는 아닐 거야. 그래도 경찰이 조사는 하겠지. 학교에서 처벌할 수도 있고."

"근데 저 좀 겁나요. 아는 애일 것 같아요. 그동안 제가 했던 일들도 다 까발려지고 씹힐 것 같아요. 누군지 알게 된다고 다시 면접 기회가 생기는 것도 아닌데."

아빠가 주먹을 쥐었다 폈다 반복하며 입술을 축였다. 담배를 참을 때 하는 행동이다. 다윤도 계속 입술을 잡아 뜯었다. 길고 괴로운 밤이었다.

긴 고민과 한숨 끝에 딱 한 번만 용서하기로 했다. 한 번 더 이런 일이 일어난다면 그때는 연락을 받은 사람이 누구든, 어떤 내용이든 곧바로 경찰에 신고할 것이다. 그리고 엄마는 휴대폰 번호를 바꾸었다.

학교로서는 할 수 있는 게 하나도 없었다. 담임도 분명 다윤 주변의 누군가, 어쩌면 친구, 그러니까 신영진중 학생의 짓이라고 생각했지만 그래서 더 조심스러웠다. 무엇보다 당사자가 문제 삼지 않는 일에 선생님이 나설 수 없었다.
공식적으로는 사건이 일단락됐지만 금세 학교에 소문이 퍼졌다. 그리고 아이들의 의심은 소란에게 쏠렸다. 다윤이랑 같이 다니는 애. 맨날 붙어 다니는 네 명 중의 한 명. 그 조용한 애. 넷 중 가장 공부를 못하고, 가장 말이 없고, 중간 키에 개성 없는 얼굴에 아무런 사연도 특징도 없어서 아무도 눈여겨보지 않는 개. 근데 걔 상혁이 좋아한다며?

소란의 이야기

중학교 입학식 아침, 소란은 방문을 걸어 잠그고 울기만 했다. 엄마가 몇 번이나 문을 두드리고 달래고 화도 내 보았지만 소용없었다. 아빠는 열쇠로 잠긴 문을 열 수 있었지만 애써 마음을 가라앉히며 차분히 말했다.

"네 입학식 가려고 엄마 아빠 오늘 휴가도 냈잖아. 일단 나와서 얘기하자. 너 이러면 아빠 문 따고 들어갈 수밖에 없어."

동생의 반항에도 아빠의 분노에도 아무 관심 없다는 듯 아침부터 과식을 하던 동주가 끼어들었다.

"내가 장담하는데 지금 그 문 따면 아빠는 소란이랑 끝장이야."

지각 직전까지 밥을 먹은 동주는 운동화를 발 앞코에만 걸친 채 급히 현관을 빠져나갔고, 아빠는 소란의 방문 손잡이를 잡아 돌려 보다가 거실로 돌아와 소파에 앉았다. 엄마가 아빠 옆에 와 앉으며 소곤소곤 어쩔 거야, 하고 물었다. 아빠는 엄마와 눈짓을 주고받으며 소란의 방 쪽을 향해 소리쳤다.

"소란아, 엄마 아빠 영화 보러 갈 건데 너도 같이 갈래?"

잠시 후 소란의 방문이 열렸다. 소란은 고개를 푹 숙인 채 거실을 가로질러 화장실로 갔다. 물소리가 났고 머리에 수건을 두른 채 화장실에서 나온 소란이 엄마 아빠 앞에 와 섰다.

"입학식 갈게."

그리고 작게 덧붙였다.

"미안해. 고집부려서."

엄마가 피식 웃었다.

"감기 걸리겠다. 머리부터 말리고 옷 입어. 엄마는 빵 좀 구울게. 한 쪽씩 먹으면서 가자."

소란은 초등학교 친구들이 다난동으로 전학을 갈 때면 아쉽지만 곧 익숙해졌다. 그런데 함께 사진 찍을 단짝 한 명 없이 졸업식을 치르는 것은 또 달랐다. 혼자 버려진 기분. 아마 입학식에서도 느끼게 될 것이다.

입학식 안내 팻말 앞에서 소란이 엄마 아빠의 사진을 찍어 주었다. 눈이 부어서 싫다며 당사자인 소란은 끝까지 사진을 한 장도 찍지 않았다.

소란은 어린이집에 가장 마지막까지 남아 있는 두 명 중 하나 였다. 저녁 7시 10분이 되면 옷을 다 입고 가방도 멘 두 아이가 1층 현관 앞 풀잎반 교실에서 당직 선생님과 동화책을 읽었다.

　한 아이는 고무줄 밖으로 머리칼이 절반쯤 빠졌고 윗옷 앞섶과 양말에는 밥풀이 잔뜩 엉겨 붙었고 소매는 사인펜과 크레파스로 엉망이었다. 또 한 아이는 종일 놀지도 않고 밥도 안 먹고 낮잠도 안 잔 것처럼 옷, 머리, 표정까지 말끔했다. 헐레벌떡 달려온 두 엄마는 늘 남의 아이가 신기했다. 엉망인 아이는 소란이고 말끔한 아이는 지아였다.

　두 아이는 혼자 남게 될까 무서워 사이가 좋지 않았다. 늦게 온 엄마의 머리를 다짜고짜 쥐어뜯으며 울기도 했고 먼저 교실을 나가는 친구의 뒤통수를 한 대 치기도 했다. 어느 날, 선생님에게 꾸벅 인사하고 고개를 드는 소란 엄마의 눈에 지아가 들어왔다. 바른 자세로 앉아 동화책을 거꾸로 들고 있었다.

　"우리 조금 있다가 친구랑 같이 나갈까?"

　잠시 의아한 얼굴로 엄마를 올려다보던 소란이 쭈뼛쭈뼛 지아 곁에 가 앉았다. 두 아이는 머리를 맞대고 심각한 표정으로 뒤집힌 동화책을 보았다. 그날부터 소란과 지아는 두 엄마가 모두 도착할 때까지 같이 놀다가 손을 잡고 어린이집에서 나왔다.

　같은 초등학교에 다니고 같은 학원에 다녔다. 엄청나게 싸웠다.

소란은 사사건건 지아와 비교당하며 지아가 미워지기도 했고, 공부 못 했다고 하면서 매번 시험을 잘 보는 지아에게 속은 기분이 들기도 했다. 서로 상처를 주고받았고 그 감정을 함께 추슬러 가면서 같이 자랐다.

5학년 겨울방학, 둘은 같은 건물에 있는 수학 학원과 영어 학원에서 연달아 하루 네 시간 수업을 들었다. 학원 진도는 이미 중학교 1학년 과정을 마무리하는 중이었다. 방학이라고 부모님이 출근을 안 하는 것도 아니고 아이들끼리 종일 집에만 있을 수도 없어서 학원에 다니다 보니 본의 아니게 진도만 나갔다. 소란은 반쯤은 못 알아듣고 반의반쯤은 딴생각을 하며 흘려보내고 반의반 정도를 이해했다. 알 수 없는 말을 몇 시간씩 듣고 있으려니 무척 피곤했다.

소란은 셔틀을 타자마자 창에 머리를 기대고 눈을 감았다. 버스가 덜컹이며 한참을 달리도록 지아는 옆자리에 가만히 앉아 있었다. 소란이 눈을 떴을 때, 이미 버스는 지아네 단지를 지나치고 있었다.

"너네 집 지났어."

"너네 아파트 상가에서 아이스크림 먹고 놀까?"

"안 추워?"

"그럼 떡볶이?"

"아니, 아이스크림."

아이스크림을 거의 다 먹었을 즈음, 지아는 유리볼 바닥을 숟가락으로 긁으며 말했다.

"나 이사 간다."

지아는 고개를 푹 숙인 채 볼에서 눈을 떼지 않았다. 소란도 숟가락으로 볼을 긁었다. 숟가락 안으로 녹아 버린 아이스크림이 담겨 들어왔다가 스르르 흘러 나가기를 반복했다.

"언제?"

"봄방학 때."

"전학도 가?"

"응."

지아가 길게 한숨을 내쉬었다.

"학원은 계속 다닐 거야. 너도 학원 옮기지 마, 알았지?"

학원은 다난동에 있다. 학원을 계속 다닌다는 걸 보니 지아도 다난동으로 이사하는구나. 학원 시간 앞뒤로 떡볶이도 사 먹고, 편의점에서 컵라면과 삼각김밥도 사 먹고, 가끔 놀이터에서 그네를 타기도 했는데 모두 신영진에서 했다.

셔틀을 타고 학원에 가서 수업을 듣다가 다시 셔틀을 타고 신영진으로 돌아오는 생활이었다. 그래서 셔틀 창 너머로 본 거리, 학원 창 너머로 본 건물들이 소란이 알고 있는 다난동의 전부다.

TV 화면이나 액자 속의 풍경처럼 느껴졌다. 그런데 소란과 눈을 맞추고 손을 잡고 이야기하고 놀고 싸우던 친구들이 하나씩 둘씩 그 풍경 속으로 들어갔다.

"이사 가기 싫다고, 전학 가기도 싫다고, 엄마랑 엄청 싸웠어. 한 달 넘게 말도 안 했어. 이사 갈 집도 정했고 전학 수속도 마쳤대. 내가 할 수 있는 게 없어."

소란은 가만히 듣기만 했다. 지아는 울먹였고 소란도 울고 싶었지만 울지 않았다. 멀어지겠지. 같이 등하교하지도 않고 같이 셔틀을 타지도 않고 짬짬이 군것질을 하지도 않으니까. 아무리 같은 학원을 다닌대도 금세 어색해지겠지.

그때 지아 엄마에게서 전화가 왔다. 지아는 수업은 잘 들었고, 지금 소란과 아이스크림을 먹고 있는데 어디 좀 들렀다가 집에 갈 거라고 대답했다. 엄마가 어디를 가려고 하는지, 얼마나 걸리는지 묻는 듯했다. 지아가 짜증 섞인 목소리로 엄마는 몰라도 돼, 금방 들어가, 했다. 소란은 지아에게 다른 볼일이 있나 보다 생각했다.

아이스크림 가게에서 나오는데 눈이 내리기 시작했다. 작은 동물의 털같이 보드라운 눈송이가 바람결에 사방으로 흩날리고 있었다. 소란이 재킷의 후드를 뒤집어썼고 지아는 눈이 빨갛게 충혈된 채로 배시시 웃으며 소란을 따라 후드를 머리에 썼다. 지아는 소란의 손에 깍지를 끼며 말했다.

"나랑 어디 좀 가자."

소란은 지아에게 오른손을 잡힌 채 지아가 가는 대로 가만히 따라갔다. 아파트 단지를 나가, 대로를 건너, 거리 공원을 건너, 동네에서 가장 오래된 아파트 입구로 들어가는 동안 눈발이 점점 굵어졌다. 소란은 지아의 목적지를 알 것 같았다.

〈어린이의 꿈이 자라나는 곳, 큰사랑어린이집〉

간판 아래에 서자 소란은 참고 있던 눈물이 터져 버렸다. 지아는 주저앉아 무릎 사이에 얼굴을 파묻고 엉엉 울었다. 겨우 마음을 추스른 지아가 물었다.

"기억나?"

소란은 고개를 저었다.

"나도 사실 잘 생각은 안 나."

무척 가파른 내리막으로 기억하고 있었는데 5년 만에 걸어 보니 평지에 가까웠다. 커다란 눈송이들이 두 아이의 머리와 어깨와 가방에 소복이 쌓였다.

소란은 한 번도 본 적 없는 풍경이 눈앞에 너무 선명하게 떠올랐다. 해는 벌써 땅속으로 빨려 들어갔고, 검붉은 황혼이 낮은 하늘에 게으르게 남았고, 그 아래를 종아리가 짧은 두 아이가 걷고 있다. 힘주어 꼭 붙잡은 작은 손. 네가 있어 다행이야.

소란은 서울로, 정확히 다난동으로 이사를 가자고 부모님을 졸랐다. 안 그래도 동주가 중학생이 된 후 엄마가 한동안 고민했던 문제다. 전까지 소란의 엄마는 입시 성적이 좋은 학교, 학원이 많은 동네를 찾아 신영진을 떠나는 이웃들을 이해하지 못했다. 어디 살든 제 하기 나름이라고 생각했다. 그런데 동주가 점점 버거워했다. 초등학교 때까지는 분명 공부를 잘했는데 중학교에 가더니 학교 수업도 잘 못 따라갔다.

"네가 못하는 거니? 교과과정이 너무 어렵게 짜여 있는 거니?"

동주는 자신만의 문제는 아닌 것 같다고 대답했다. 머리로 이해를 하건 말건 그래도 선생님을 보며 수업을 듣는 친구들이 반에서 채 절반도 되지 않는단다. 엄마는 크게 충격을 받았다.

"그럼 수업 안 듣는 애들은 뭐 해?"

"엎드려 자기도 하고 몰래 학원 숙제도 하고 대부분은 그냥 창밖 같은 데 보면서 멍 때려."

"그럼 선생님이 혼내지 않으셔?"

"떠들거나 대놓고 다른 책을 꺼내 본다거나 뭐 먹는다거나 그러지 않으면 별말 안 해. 수업을 방해하는 것도 아닌데, 그게 혼날 일이야?"

"학생이 수업을 안 듣는데 그게 혼날 일이 아니야?"

동주는 엄마의 논리가 이해 안 된다는 듯 고개를 갸우뚱했다.

다음 날 엄마는 다난동에 사는, 동주 또래 자매를 키우는 회사 동료에게 동주의 이야기를 전했다. 동료는 마시던 커피를 단숨에 입에 털어 넣은 후 준비했다는 듯 말을 쏟아 냈다.

"학원에서 선행 다 뽑은 애들에 대한 가장 큰 편견이 뭔지 알아? 학교 수업은 안 들을 거라는 생각. 애들이 방정식이니 함수니 하는 걸 아, 너무 알고 싶어, 그러면서 배울 거 같애? 그냥 하는 거야. 공부는 습관이고 태도거든. 일단 몸에 배면, 학원에서든 학교에서든 수업 잘 듣고 문제 열심히 풀고 외울 거 딱딱 외우는 거지."

동료는 학교 분위기가 얼마나 중요한지 한참을 더 얘기했다. 학교와 교사의 역량과 열정과 노하우에 따라 입시 성적이 얼마나 달라지는지 구체적인 사례를 들어 알려 주었다.

그날 밤, 엄마는 잠을 잘 수 없었다. 학교를 옮기기는 어려우니 동주의 학원을 옮겨 주기로 했다. 동주는 난생처음 밤샘 벼락치기라는 걸 해서 겨우 테스트를 통과했고 다난동의 유명 학원에 들어갔다. 그리고 왜 오빠만 좋은 학원에 보내 주느냐고 방방 날뛰는 소란과 친구가 하는 거라면 뭐든 같이 해야 하는 지아까지 다난동으로 학원을 다니게 됐다.

그때부터 아이들은 하루에 꼬박 한 시간을 학원 셔틀에서 보냈다. 다난동 학원에 다니기 시작하면서 소란은 저녁 9시면 곯아떨어졌고 아빠의 얼굴도 보지 못하는 날이 많았다. 남매가 지출하는 학원비는 두 배 가까이 불어났지만 성적은 오르지 않았다.

아예 다난동으로 이사했다면 아이들 성적이 올랐을까. 계속 동네 학원을 다니는 게 차라리 나았을까. 엄마가 후회하는 사이 동주는 외롭고 괴로운 고등학생이 되었고 소란은 다난동으로 이사 가자고 조르는 6학년이 되었다.

"10월 전에만 이사하면 된대. 그냥 다난동 아니고, 다난중학교 있는 1단지나 2단지로. 그래야 지아랑 같은 중학교에 배정받을 수 있어."

지금 사는 집을 내놓고, 다난동 집을 알아보고, 분명 대출을 받아야 할 테니 은행도 돌아보고, 이삿짐센터와 인테리어 업체도 결정해 예약하고, 소란의 전학 절차를 밟고……. 엄마는 복잡한 모든 과정을 소란처럼 '이사'라는 한 단어로 단순하게 말할 수 없었다.

"너는 그동안 지아랑 그렇게 싸우고 삐지고 울고 다시는 안 논다, 학원 다른 데로 옮겨 달라 난리더니 왜 갑자기 지아랑 같은 중학교에 가겠다고 난리야?"

"친하니까 싸우는 거지. 몰랐어? 엄마 친구 없구나?"

엄마는 고민 끝에 단지 상가 부동산에 집을 내놓았다. 하지만 봄꽃이 떨어지고 나뭇잎이 초록빛을 더해 가도록 소란이네 집은 나가지 않았다.

소란은 새 반에서 새 친구들을 사귀었다. 아침이면 익숙하게 학교에 가고, 하교 후에는 알아서 간식을 챙겨 먹고 시간 맞춰 학원에 다녀와 숙제도 하고 게임도 하며 부모님의 퇴근을 기다렸다. 평균의 키와 몸무게를 유지하며 큰 병치레 없이 잘 지냈다. 하지만 가족들은 왠지 붕 뜬 기분이었다. 집을 내놓은 후부터 신영진에서의 생활이 임시, 혹은 잔여라고 여겨졌다.

2학기가 되자 엄마는 이사를 포기하자고 했다. 지아와는 지금처럼 같은 학원을 다니면서 친하게 지내면 되지 않겠느냐고 소란을 설득했다.

"집이 안 나가. 요즘 경기도 안 좋고 부동산도 안 좋고 서울하고 아무리 가까워도 서울은 아니고 그래서 이 동네 집이 다 안 나가."

"근데 지아는 어떻게 이사 갔어? 집이 다 안 나가는데 지아네 집은 왜 나갔어?"

"지아네는 원래 다난동에 집이 또 있었어. 여기 집은 전세 주고 다난동 집으로 들어간 거야. 전세는 또 없어서 난리거든. 아유, 넌 들어도 몰라. 친구 따라 이사 가겠다고 속 편하게 떼쓸 수 있어서 좋겠다, 너는."

가만히 듣고만 있던 소란이 차갑게 말했다.

"속 편하지 않아, 나도. 떼쓰고 싶지도 않아. 근데 떼쓰는 것 말고는 할 수 있는 게 없어."

그리고 방으로 들어가 버렸다. 결국 소란이네 가족은 이사와 전학을 포기하고 낡은 화장실을 수리했다.

사는 동네는 달라졌지만 소란과 지아는 여전히 같은 학원에 다녔다. 주말에도 종종 만나 신영진 지하상가에서 옷을 사고 영화를 보았다. 둘이 처음으로 같이 봤던 판타지 영화의 속편을 보러 가기로 했다. 전체 관람가 영화에는 흥미도 없고 전편도 기억나지 않았지만 실컷 유치해하면서 함께 비웃고 싶었다.

지아가 오후에 가족 모임이 있다고 했다. 토요일 조조로 예매한 후 영화 시간보다 일찍 만나 햄버거를 먹었다. 모닝 세트에 포함된 커피를 익숙하게 마시는 지아가 소란은 조금 낯설었다.

"너 커피 마셔?"

"졸려서."

아. 어떤 깨달음 같은 것이 소란에게 내리꽂혔다. 엄마가 입버릇처럼 애들은 커피 마시면 잠 못 잔다고 말해서 소란은 아직 커피를 마실 수 없다고 생각했다. 마셔서 잠을 못 자게 된다면, 안 자야 하는 상황에서 마시면 되잖아? 지아가 어른스러워 보였다.

커피를 마셔서가 아니라 무엇을 먹고 마시고 하는 사소한 판단쯤은 스스로 내릴 줄 알아서.

커피를 마셨는데도 지아는 광고가 나올 때부터 하품을 했다. 소란은 웬지 기운이 빠졌다. 드디어 영화가 시작됐고 몇 년 사이 주인공이 꽤 근사하게 자라서 소란은 몸을 지아 쪽으로 기울이고 손으로 입을 살짝 가리며 소곤거렸다.

"쟤 멋있어졌다, 그치?"

지아는 대답이 없었다. 눈도 한번 깜빡이지 않고 홀린 듯 스크린만 보았다. 재밌나 보다. 그렇게 재밌나? 아니, 이게 내 말이 들리지 않을 정도로 그렇게 재밌나? 아주 작은 돌멩이 하나가 신발 안으로 들어온 것 같았다. 소란이 마음 한구석이 구겨진 채로 조용히 영화를 보고 있는데 지아가 잠깐 나 화장실 좀, 하고는 몸을 숙여 상영관을 빠져나갔다.

소란은 좁은 의자에서 이리저리 몸을 뒤틀었다. 지아가 너무 늦는다 싶어 메시지를 보내려고 가방에서 휴대폰을 꺼냈다. 생각보다 시간이 많이 지나 있었다. 소란은 등을 구부린 채 자리에서 빠져나왔다. 다행히 빈 좌석이 많아 큰 어려움 없이 통로로 나올 수 있었다.

지아는 왜 안 오지? 무슨 일이 생겼나? 햄버거 먹은 게 탈 났나? 머릿속으로 지아를 걱정하는 많은 문장들을 되뇌었는데 사실 온전히 진심은 아니었다. 소란은 지아가 뭔가를 감추고 있다는 생각이 들어서 괴로웠고 다른 친구도 아닌 지아를 의심하고 있다는 사실이 더 괴로웠다.

어두운 계단을 내려와 묵직한 상영관 문을 밀었다. 갑자기 밝은 곳으로 나와서인지 마음이 복잡해서인지 시야가 좁아지며 순간 눈앞이 핑 돌았다. 한 손으로 벽을 짚고 서서 숨을 고른 후 주변을 살폈다. 복도 끝 테이블에 지아가 앉아 있었다. 왜? 도대체 왜 저기서?

지아는 뭔가 열심히 쓰고 있었다. 소란은 특별히 조심하지도 않고 일부러 몸짓을 키우지도 않고 평소와 같은 보폭, 같은 속도로 걸어가 지아의 곁에 섰다. 지아는 문제집을 풀고 있었다.

"뭐 하고 있어?"

놀란 지아가 소스라치는 바람에 테이블에서 문제집과 가방과 필통이 우르르 쏟아졌다. 샤프, 볼펜, 형광펜, 색연필 들이 데굴데굴 바닥을 굴렀다. 소란은 몸을 숙여 지아가 떨어뜨린 것들을 주웠다. 등 뒤로 지아의 작은 목소리가 들렸다. 미안해. 열심히 움직이던 소란의 어깨와 손가락이 움찔 멈추었다.

"너도 주워. 네 거잖아."

그제야 지아가 의자에서 내려와 바닥에 너저분하게 쏟아져 있던 필기구와 문제집과 노트 들을 주워 가방에 넣기 시작했다. 테이불 주변 정리가 다 끝나고 지아와 소란은 어색하게 마주 섰다. 지아가 휴대폰 화면을 켜 시간을 확인했다. 소란은 그런 지아가 서운하다 못해 짜증스러웠다. 하지만 마음을 최대한 가라앉히고 물었다.

"뭐 하고 있었어?"

지아는 고개를 푹 숙이고 말이 없었다. 소란의 목소리가 높아졌다.

"바쁘면 영화는 다음에 보자고 하면 됐잖아!"

지아는 바람이 빠지듯 피식, 허탈하게 웃었다.

"다음에도 바빠, 소란아."

소란은 지아의 말을 이해하지 못했다. 화를 더 내지도 마음을 가라앉히지도 못하고 어리둥절 서 있는 소란의 어깨에서 머리칼 한 올을 떼어 내며 지아가 덧붙였다.

"나는 요즘 늘 바쁘고 영화를 마음 편하게 볼 다음은 없어."

가족 모임 같은 건 없다고 했다. 사실은 학원에 간단다. 지난주부터 토요일 오후에 수학 학원의 올림피아드 특강을 듣는데 지아는 아직 숙제를 다 하지 못했다. 일요일 낮에는 동네 작은 도서관에서 봉사활동을 하고 저녁에는 과학 과외를 받는다. 왜 미리 말하지 않았느냐고 하자 지아는 머뭇거리다 한참 만에 입을 열었다.

"잘 모르겠어."

소란은 지아가 변했다고 생각했다. 하지만 변하는 건 당연하지. 사람은 누구나 변하고 게다가 우리는 계속 자라는 중이니까. 나도 변하고 있겠지. 그런데 지금 지아는 자연스러운 방향과 속도로 변하고 있는 걸까?

"나 너무 졸려, 소란아."

"가자. 수학 학원 어디야? 데려다줄게."

둘은 버스 맨 뒷자리에 나란히 앉았다. 앉자마자 지아는 소란의 어깨에 기대어 잠이 들었다. 버스가 몇 번 급정거를 하고 과속방지턱을 넘느라 덜컹거릴 때도 지아는 깨지 않았다.

둘은 더 이상 주말에 만나지 않았다. 지아는 학원을 옮겼고 얼굴을 못 보기 시작하면서 통화와 메시지 횟수도 자연스럽게 줄었다. 그러던 어느 밤, 소란이 자려고 누웠는데 휴대폰이 깜빡였다. 낯선 번호였고 너무 늦은 시간이었다. 평소였으면 당연히 모른 척 침대 구석으로 폰을 던졌을 텐데 홀린 것처럼 전화를 받았다. 지아 엄마였다.

오랜만이다. 잘 지내니? 중학교는 어떠니? 평범한 안부 인사를 건넸는데 늦은 밤 딸 친구에게 전화해서 물을 정도로 다급한 질문들은 아니었다. 소란은 어리둥절한 채로 네, 네, 그냥 뭐, 라고 말끝을 흐렸다.

─그래. 공부 열심히 하고. 아니다, 쉬엄쉬엄해. 기껏 열네 살이 벌써 무슨 공부니. 실컷 놀고. 알았지?

소란은 궁금한 게 많았지만 왠지 물어볼 수가 없었다. 뭔가 실마리를 얻을 수 있지 않을까 전화기 너머의 잘 들리지도 않는 잡음에 온 신경을 집중했다.

─너무 늦었지? 자라. 아줌마 끊을게. 고맙다.

"아, 잠깐만요!"

거의 반사적으로 외쳤다. 이 전화가 지아와 연결된 가느다란 끈처럼 느껴졌고 전화를 끊으면 그 끈도 뚝 끊어져 버릴 것 같았다. 소란은 나오는 대로 아무 말이나 했다.

"지아는 지금 자요?"

─잘 모르겠어.

그날 영화관에서 지아가 했던 대답. 지아 엄마가 울먹였다. 지아가 입을 닫아 버렸단다. 발성 기관에 문제가 있는 것은 아니고 크게 충격을 받을 만한 사고도 없었다. 어느 수요일 아침, 엄마에게 인사도 안 하고 학교에 가서는 종알거리는 친구들과도 멀뚱멀뚱 눈만 마주치고 있더니 선생님이 출석을 부를 때도 대답하지 않았다. 지아는 말이 없는 채로 밥을 먹고 학교에 가고 수업을 듣고 학원에 가고 집에 오면 또 성실하게 학교 숙제와 학원 숙제를 하고 주말이면 부모님과 함께 TV를 보면서 빙긋빙긋 웃기도 하는데, 말을 하지 않는단다.

지아와 지아 엄마는 결국 한국을 떠났다. 공항에서 소란에게 전화한 사람도, 지아가 다시 말을 시작했고 그곳에서 학교를 다니게 될 거라고 알려 준 사람도, 지금은 여행 중이라며 멋진 일몰 사진을 보내 준 사람도 지아가 아니라 지아의 엄마였다. 소란은 지아 엄마에게 더 이상 연락하지 않으셨으면 좋겠다는 메시지를 보냈다. 어른의 연락이 부담스럽다는 뜻으로 이해했는지, 지아에 대해 알고 싶지 않다는 뜻으로 이해했는지, 아무튼 그것으로 지아와는 연락이 끊겼다.

아직 밤바람이 서늘한 5월의 마지막 날이었다. 블러드문이 뜬다고 했다. 보름달이 지구 그림자에 완전히 가리는 개기월식이 진행될 예정인데, 굴절된 태양광이 비치며 달이 붉게 빛난단다. 얼마 전 학교에서 친구들이 얘기하는 걸 듣기는 했는데, 소란은 월식도 달도 깜빡 잊고 있었다.

가족들과 저녁 먹으러 나가려고 카디건을 걸치는데 베란다에서 빨래를 걷어 들어오던 엄마가 말했다.

"빨간 달 떴다? 오늘 블러드문 뜬다더니 정말 달이 빨갛네."

"진짜?"

소란은 베란다로 나갔다. 맞은편 아파트 단지 위로 붉은 달이 떠 있었다. 아예 새빨갛다고는 할 수 없고 주황빛에 가까웠다. 휴대폰을 가져와 카메라를 켰다. 그대로 한 장을 찍고 줌을 당겨서 또 한 장을 찍었다. 그냥 찍은 사진은 색이 진하고 선명했지만 달이 너무 작게 나왔고, 줌을 당겨 찍은 사진은 색이 흐릿한 대신 달이 커다래서 신비롭게 느껴졌다. 이게 블러드문이구나. 이러다가 달이 다시 드러나는 거구나. 신기해하며 확대해 찍은 사진을 카톡 프사로 바꿨다.

마침 TV에서 월식 뉴스가 나왔다. 지구촌 곳곳에서 월식을 보기 위해 사람들이 모였다고 한다. 서울의 노을공원에, 케냐의 마가디호에, 호주의 시드니 천문대에. 호주의 시드니. 지아는 지금 시드니에 있다. 지아도 저 붉은 달을 보고 있을까.

그때 왜 그런 메시지를 보냈는지 소란도 모르겠다. 지아가 늘 궁금하고 걱정되면서도 지아 엄마에게서 연락이 오면 기분이 가라앉았다. 마음에 아주 자잘한 상처가 났다. 거슬리고 쓰라린데 그렇다고 병원에 가거나 약을 바를 정도로 많이 다친 것도 아니라 혼자 참을 수밖에 없는 상처. 어쩌면 지아와 직접 메시지를 주고받고 통화하며 목소리를 듣고 얼굴을 보고 싶었던 게 아닐까 뒤늦게 생각했다.

태어나 처음으로 사귄 친구, 떠올릴 수 있는 가장 오래된 기억과 두 번째 기억과 세 번째 기억이 같은 사람, 가족 이외에 가장 많은 이야기를 나눈 사람, 가장 많은 시간을 함께 보낸 사람, 가장 많이 싸운 사람, 가장 많이 울린 사람, 가장 많이 좋아한 사람…… 지아를 설명할 수 있는 표현이 너무 많았고 더 이상 없었다. 이렇게 관계가 끝나 버린 것에 자신의 책임도 있다고 생각했다.

만약 지아 엄마에게 메시지를 보내지 않았다면 지금쯤 지아와 통화하며 서로가 사는 나라의 시간과 날씨와 풍경에 대해 물을 수 있었을까. 서로의 하늘에 뜬 붉은 달 사진을 보낼 수 있었을까. 지아는 그때 왜 그랬을까. 지아에게 나는 뭐였을까.

소란이네는 근처 고깃집에서 삼겹살을 먹었다. 고등학생이 된 후로 동주는 시도 때도 없이 고기 타령을 했다. 먹는 양도 점점 많아졌다. 처음에는 혼자 2인분을 먹더니 나중에는 4인분 정도는 거뜬히 먹었고 꼭 냉면까지 시켰다. 한창 클 때라 그렇다고, 공부하느라 칼로리 소모가 많은 모양이라고 흐뭇해하던 부모님도 아들의 몸이 급속히 불어나는 것을 보며 걱정하기 시작했다.

소란은 다른 건 모르겠고 그냥 동주가 고기를 먹는 방식이 싫었다. 동주는 삼겹살 조각을 비빔냉면 면발로 돌돌 말아서 먹었다.

"오빠! 고기 먼저 다 먹고 그다음에 냉면 먹어! 왜 꼭 고기를 냉면에 싸 먹고 그래?"

"어차피 배 속에서 다 섞이는데 뭐."

"아, 싫어! 아저씨 같아! 만 30세 이하는 냉면에 고기 싸 먹는 걸 금지하는 법을 만들어야겠어. 나 판사 될 거야."

"법원은 사법기관이고 입법기관은 국회야. 법을 만들고 싶으면 판사가 아니라 국회의원이 돼야지. 너 사회 공부 좀 더 해야겠다."

"재수 없어."

엄마가 듣고는 소란의 이마를 살짝 꽁, 했다. 아프지도 않으면서 소란은 아! 하고 몸을 움츠린 후 한참이나 이마를 문질렀다.

동주는 고기로 배를 든든히 채우고 소란은 고민을 마음 가득 채운 채 나란히 골목을 걸었다. 소란은 오늘 밤의 모든 일들이, 블러드문이, 가족의 길어진 그림자가 EBS에서 방영하는 청소년 드라마의 한 에피소드 같다고 생각했다. EBS의 청소년 드라마를 본 적은 없다. TV 속 어느 화목한 가족의 그럴듯한 주말처럼 느껴졌다는 뜻이다. 하지만 소란은 별로 행복하지 않았다. 오늘 삼겹살을 먹고 싶지도 않았다.

골목을 거의 빠져나왔을 때였다. 상가 건물에서 작은 그림자 둘이 튀어나오는 게 보였다. 그림자 하나가 먼저 뛰었고 그 뒤를 다른 그림자가 따라 뛰었다.

"야! 내놔, 이해이인!"

이해인?

"나 잡으면 줄게! 아니, 뽀뽀해 주면 줄게!"

소란은 약간 어리둥절한 기분으로 두 아이의 그림자를 지켜보았다. 같은 장면을 역시 어리둥절한 기분으로 보던 동주가 한마디 했다.

"쟤네 둘 다 여자 아니야? 여자끼리 뽀뽀하겠다는 거야?"

"오빠가 무슨 상관이야?"

한 명은 소란이 아는 그 이해인이 맞는 것 같고 또 한 명도 분명 아는 목소리다. 이해이인, 하면서 끝을 올리는 억양. 많이 들었다. 어디서 들었더라? 어디서 들었더라? 소란은 곰곰 생각했다. 은지! 송은지다!

한 달에 두 번, 짝수 주 목요일 7교시가 동아리 시간이다. 모든 학생이 동아리를 하나씩 선택해 활동해야 하는데 남자애들은 볼링부나 당구부에 몰리고 여자애들은 댄스부에 몰린다. 소란이네 반은 댄스부 지원자가 많아 가위바위보를 하기도 했다. 소란은 반에서 유일하게 영화부를 적어 냈다. 짝이 소란의 동아리 신청서를 흘끔 보고는 엄청난 비밀이라도 되는 듯 소곤소곤 말했다.

"작년에 영화부 1학년 한 명이었는데 혼자 축제 준비하다가 열받아서 동아리 옮겼대."

"중간에 옮기는 게 가능해?"

"상황이 그래서…… 옮겨 줬나 봐."

영화부 정원은 3학년 열 명, 2학년 열 명, 1학년 다섯 명. 고학년 인원이 더 많은 것은 동아리 시간이라도 영화 보면서 푹 쉬라는 뜻이라고 다들 생각한다. 요즘이 영화 보기 어려운 시대도 아니고 선배가 많은 동아리가 편할 리도 없다. 그렇다 보니 영화부는 1학년 정원을 못 채우는 해가 많았다.

영화부실은 별관 지하에 있는데 예전에 과학실이었다고 들었다. 암막커튼을 치면 영화관처럼 깜깜해졌지만 귀신이라든가 초자연현상과 관련한 괴담은 전해지지 않고 과감한 애정 행각에 대한 소문만 무성했다. 동아리 첫 시간, 쿰쿰한 냄새가 스며 나오는 계단을 내려가며 소란은 올해도 1학년이 자신뿐이라면 곧바로 도망치겠다고 마음먹었다.

출석을 부를 때 보니 1학년이 무려 네 명이었다. 재미도 없고, 입시에 도움도 안 되고, 편하지도 않은 영화부에 들어온 애들. 소란은 나머지 셋이 대체 어떤 애들일까 싶어 긴장했다.

그중 둘이다. 이렇게 늦은 밤에 송은지랑 이해인이 따로 만나 노는 거야? 둘이 저렇게 친했어?

은지와 해인이 사라진 골목 위로 블러드문이 떠 있었다. 주위가 어두워진 때문인지 아까보다 더 붉게 보였다.

해인의 이야기

고등학교 원서를 쓴 후부터 해인은 자주 머리가 아팠다. 거실에 가만히 누워 있는데, 아빠가 집에 아무도 없는 줄 알았는지 문을 쾅쾅 두드리지 않고 비밀번호를 눌러 도어록을 열고 들어왔다. 해인을 보고는 흠칫 놀라며 학원에 안 갔느냐고 물었다.

"갔다 왔어요."

방에서 나오는 해인의 동생 상민을 보고도 똑같이 학원에 안 갔느냐고 물었다.

"나 수학 빼고 학원 다 끊었잖아. 아빠 몰랐어?"

아빠는 대답하지 않았다. 해인이 나무라는 의미로 동생의 이름을 나직이 한 번 불렀다. 상민은 누나를 흘겨보며 더 큰 소리로 말했다.

"왜? 누나는 영어, 수학, 과학까지 다 다니면서 왜?"

"그만해라, 이상민."

"누나가 뭔데 그만해라 마라야? 자기 혼자 학원이란 학원은 다 다니는 사람이."

"학원 가기 싫다고 지랄할 때는 언제고 이제 와서 학원 보내 달라고 지랄이야. 공부도 못하는 게."

"누가 들으면 지는 또 엄청 잘하는 줄 알겠네. 이 동네니까 네가 공부 잘한다 소리를 듣는 거지, 너 이제 다난동 가면 끝장이야. 주제 파악이나 해."

"이 동네에서도 공부 못하는 너는 입 닥치고 있으라고."

남매의 목소리가 계속 높아지자 아빠가 끼어들었다.

"해인아, 아빠랑 상민이 저녁밥 안 줄 거니."

해인은 상민을 향해 주먹을 쥐어 보이며 입 모양으로 말했다. 너 죽었어. 상민은 혀를 날름하고는 말했다.

"밥이나 차려, 밥순아."

그 순간 해인은 상민의 손목을 잡아 조용히 방으로 끌고 들어가 문을 닫았다. 6학년이지만 체구가 유난히 작은 상민을 그대로 바닥에 패대기친 후 가슴 위에 올라타 목을 졸랐다. 상민은 얼굴이 벌게져서 발버둥을 쳤지만 덩치가 큰 해인을 이길 수가 없었다. 해인은 손의 힘을 풀지 않고 경멸의 눈길로 동생을 노려보며 말했다.

"한 번만 더 그렇게 부르면 진짜 죽여 버릴 거야. 지 밥도 못 차려 먹는 등신 새끼가."

상민은 목이 졸린 와중에도 이죽거렸다.

"그럼 아빠도 등신 새끼냐?"

"당연하지. 멀쩡한 두 손 갖고 자기 밥도 못 차려 먹는 인간들은 다 등신 새끼야. 너도 계속 등신 새끼로 살고 싶지 않으면 나와서 상 펴고 반찬 꺼내."

해인은 엄마가 냉장고에 넣어 놓고 나간 김치찌개 냄비를 가스레인지에 올렸다. 상민은 해인의 눈치를 보며 냉장고 옆에 세워진 밥상을 좁은 거실 가운데에 펼쳤다. 해인이 밥상 위로 행주를 던졌다. 상민은 입을 삐죽거리고는 밥상을 닦았다.

김치찌개가 끓어오르며 뚜껑이 들썩거릴 즈음, TV 옆에 놓인 집 전화가 요란하게 진동하다 바닥으로 떨어졌다. 누가 우리 집 번호를 알고 있지? 해인은 놀라기보다 궁금했다. 집 전화는 인터넷 요금을 할인받으려고 그냥 설치했을 뿐이다. 아빠는 눈을 감고 벽에 기대어 앉았고 상민은 반찬통 네 개를 포개 들고 조심조심 상으로 옮기고 있었다. 해인이 전화를 받았다.

─해인이니? 아유, 어쩌니? 너 다 들통났어! 근데 네 엄마는 왜 전화를 안 받고 그러니? 엄마는 집에 있니? 너 2지망은 어디 썼니?

다난동에 사는 큰이모였다. 한꺼번에, 너무 빠르게, 많은 질문을 해서 해인은 오히려 아무 대답도 못 했다. 이모가 추궁하듯 다시 물었다.

—가람여고 못 가면 어떻게 되는 거야? 그 근처에 갈 만한 학교는 있는 거야?

"글쎄요."

창 너머의 하늘이 주홍빛으로 물들었다. 맞은편 건물 유리에 반사된 햇빛이 좁은 거실 바닥에 늘어졌다. 몽롱했다. 실감이 나지 않아 바닥을 콩콩 굴러 보았다.

—듣고 있어? 너는 어린애가 왜 그렇게 시큰둥하니?

그럼 울어라도 드릴까요? 해인이 아무 말 없자 이모는 엄마한테 전화 왔었다고 전해라, 하고는 전화를 뚝 끊어 버렸다.

해인이 기억하는 가장 오래전부터 아빠는 중국에 미용 관련 제품 수출하는 일을 했다. 보톡스, 필러부터 지방 분해제와 다이어트 보조제 같은 의약품과 의약외품을 두루두루 취급했다.

덕분에 아빠는 여느 아빠들보다 아이돌에 대해서도 미용에 대해서도 잘 알았다. 그래서 아빠가 해인이나 상민과 대화가 잘 통했냐면 그렇지는 않았다. 중국 폭력 조직과 연결이 되어 있다는 연예인, 중국에서 무례하게 굴어 활동이 정지됐다는 연예인에 대한 정보인지 루머인지를 끝도 없이 전했다. 전혀 궁금하지 않았다. 엄마에게도 마찬가지였다. 보톡스를 맞아라, 필러를 넣어야겠다, 끊임없이 외모를 지적했다. 그리고 말끝마다 요즘은 중국 애들도 그러고 다니지는 않는다, 고 덧붙였다.

"말 좀 함부로 하지 마."

엄마가 참다 참다 한마디 했는데 아빠는 여전히 뭐가 문제인지 몰랐다.

"그래. 그러니까 너도 좀 신경 쓰라고. 피부가 그게 뭐냐?"

"해인 아빠, 그 옆에 거울 좀 봐."

"자알생겼다! 얼마나 남자답냐? 안 그래?"

한국 제품의 인기가 높아지며 덩달아 짝퉁의 공세가 거세졌고 품질 좋은 정품만 취급하던 아빠의 회사는 오히려 위기를 맞았다. 아빠는 의약품이 아닌 화장품 수출로 방향을 틀었다. 해인은 엄마에게 화장품은 더 짝퉁이 많지 않냐고 물었다. 아빠에게 직접 듣는 것이 정확하겠지만 그러기가 싫었다.

"아예 중국에 법인을 만들고 거기에서 사업을 하겠대. 그럼 좀 나은가 봐."

"중국에서? 그럼 우리 중국 가?"

"아니, 아빠가 전보다 중국에 자주 다니실 거야."

해인은 그것도 나쁘지 않겠다고 생각했다. 아빠는 경내 책임자를 만난다, 계약서를 쓴다, 사무실과 창고를 임대한다며 바빠 해인의 초등학교 졸업식에도 오지 못했다. 그런데 공동대표가 될 예정이던 교포 2세 사업가가 아빠의 투자금을 모두 가지고 사라졌다. 그는 아빠와 10년 넘게 거래해 왔던 사람이다.

아빠의, 사실은 가족의, 엄밀히 가족의 미래와 안정과 행복을 담보로 빌린 모든 것이 사라졌다. 아빠는 장장 한 달을 중국에 머물며 그를 찾았지만 소득 없이 돌아왔다.

"너무 넓어. 땅덩이가 너무 넓더라. 그게 다 기회고 돈인 줄 알고 좋아했는데 미궁이고 늪이고 지옥이더라."

오전 시간 아빠 사무실에 나가 일했던 엄마는 새 일자리를 구했다. 주중에는 새벽같이 지하철 역사 안에 있는 김밥집에서 김밥을 말고 낮부터 근처의 대형마트에서 캐셔로 일하고, 주말에는 차로 10분 거리에 있는 정육 식당에서 설거지를 했다. 아침상을 차려 놓고 저녁 찌개를 끓여 냉장고에 넣어 두고 가장 먼저 집을 나섰다. 종일 해 본 적 없는 일을 하고도 집에 돌아오면 온 집 안을 쓸고 닦고, 봉사활동하던 동네 도서관에서 빌린 책을 읽다가 잠들었다. 해인은 엄마를 돕고 싶었지만 엄마는 눈앞에 닥친 모든 일을 척척 해냈다.

해인이 중학교에 입학하고 얼마 지나지 않아 가족들은 원래 살던 아파트 맞은편 오래된 다세대 주택으로 이사했다. 새 집은 소파와 식탁을 놓을 수 없는 것은 물론 네 식구 둘러앉기에도 좁은 거실 겸 주방을 가운데 두고 방 두 개가 마주 보는 구조다. 화장실은 안방 안에 있다. 집 안의 어떤 문도 부드럽게 열리고 닫히지 않았다. 부모님과 상민이 같이 쓸 안방 창 앞에 상민의 책상이 놓이자 상민은 화장실 문을 삐걱삐걱 닫고 들어가 온 집 안이 울리도록 엉엉 울었다. 책상 아래로 발을 넣고 자야 하지만 그래도 혼자 방을 쓴다는 사실에 해인은 감사해야 했다.

집은 좀처럼 정리되지 않았다. 가구와 옷과 책과 침구와 크고 작은 살림들은 아무리 버리고 쌓고 쑤셔 담아도 절반보다도 작아진 집에 들어가지 않았다. 해가 넘어가고 주변이 어두워질 즈음 이삿짐센터 직원들이 거실에 살림들을 산더미처럼 쌓아 둔 채 나가 버렸다. 아빠는 계약 위반이라며 소리를 지르고 바닥을 쿵쿵 구르고 상자를 내던지며 화를 냈지만 그 대상은 이미 없었다. 분노의 파편을 고스란히 얻어맞은 것은 남은 가족이었다.

자정이 다 되어서야 네 사람 누워 잘 공간이 겨우 만들어졌다. 해인은 몸이 녹아내리는 것 같아 아직 먼지가 부옇게 쌓인 책상에 털썩 엎드려 버렸다. 종일 한번 앉아 보지도 못하고 짐을 날랐더니 온몸이 아팠다. 몸의 통증이 마음의 통증보다 참기 힘들다는 것을 알게 됐다. 해인은 이 고통을 생생하게 기록해 두고 싶었다. 눈물이 쏟아지려는 것을 참으며 일기장을 찾는데 가방과 책상 서랍과 책 더미를 아무리 뒤져도 일기장이 보이지 않았다.

은지에게 선물받은 예쁜 다이어리에 일기를 쓴 적이 있다. 요즘은 평범한 노트에 쓴다. 표지에 '수학'이라고 적고 책장에 다른 노트들과 나란히 꽂아 두었다. 이사하면서 해인의 책은 여섯 개의 박스에 나누어 담아 왔지만 놓을 자리가 없어 네 박스를 버렸고, 하나는 베란다 구석에 쌓아 뒀고, 매일 보는 책과 문제집과 노트 들과 아마도 '수학' 노트가 들어 있을 박스 하나만 해인의 방으로 옮겨 왔다. 그런데 그 안에 '수학' 노트가 없었다. 책과 노트를 한 권 한 권 들춰 보고 다시 거꾸로 한 권 한 권 확인했는데 확실히 없었다.

해인은 베란다로 나가 책 상자를 찾기 시작했다. 노란 테이프로 꽁꽁 닫힌 채 두서없이 쌓여 있던 상자들이 무너졌고, 무너지는 상자 안에서 깨지고 부서지고 엉망으로 망가지는 소리가 났다. 언제 긁혔는지 해인의 팔뚝에서 피가 흘렀다. 비슷비슷한 종이 박스와 모두 같은 노란 테이프. 해인이 막무가내로 테이프를 뜯어내자 물끄러미 보기만 하던 엄마가 물었다.

"너 지금 왜 그러는 거야?"

"수학 노트 찾아."

"지금 팔에서 피 나는 건 알고 있어?"

해인은 자신이 헤집어 일으킨 먼지 때문에 눈이 따갑고 재채기가 났다. 다섯 번쯤 연거푸 재채기를 하니 코끝이 찡해지면서 눈물이 고였다. 그러다 한 방울 뚝 떨어진 순간 걷잡을 수 없어졌다. 흐르는 눈물을 더러운 손등으로 닦아 내며 악을 썼다.

"그 노트만 없잖아! 아무리 찾아도 없잖아! 도대체 뭐가 책상잔지도 모르겠고! 없어졌으면 어떡해? 모르고 버렸으면 어떡해?"

"그게 그렇게 울고불고할 만큼 중요한 노트야?"

"울고불고할 만큼 중요해."

"울고불고할 핑계가 필요한 거 아니고?"

말문이 턱 막혔다. 이제 그만 울음을 그치고 싶은데 마음처럼 되지 않아 해인은 베란다 짐 더미 가운데 서서 계속 울었다. 엄마가 손을 내밀어 구조하듯 해인을 베란다에서 데리고 나왔다.

"다른 핑계 찾을 거 없어. 지금 우리 눈물 나는 상황 맞아. 그러니까 울고 싶으면 그냥 울어."

오히려 울음이 잦아들었다. 해인은 엄마에게 은지네 집에 가서 자고 싶다고 말했다.

"물어봐도 돼?"

침대를 비워 두고 굳이 바닥에 나란히 누워 은지가 말했다. 해인은 종일 피곤했고 울었고 따뜻한 물로 씻고 누우니 몸과 마음의 긴장이 풀리며 몽롱해졌다. 하루 동안의 모든 일들이 꿈같았다. 뭐든지 다 쏟아 내고 싶었지만 잠이 몰려왔다. 가물가물 감겨 오는 눈꺼풀을 억지로 들어 올리며 해인은 대답 대신 딴소리만 했다.

"너네 집은 참 신기하다. 이렇게 늦은 밤에 갑자기 재워 달라는데 뭐라는 사람이 하나도 없냐. 너희 엄마는 나 데리러 와 주고, 할머니는 해인이 저녁 먹었냐. 집에 무슨 일이 있냐, 어쩌다 이사 간 거냐, 머리랑 옷은 왜 엉망이냐, 보통은 그런 거 막 꼬치꼬치 물어보고 그러지 않나."

"그래서 내가 물어보잖아."

"물어본 게 아니고 물어봐도 되냐고 물어봤지."

"그러네. 물어봐도 되냐고 물어봤네. 아무튼 나는 물어보긴 했다."

해인이 피식 웃고는 하품을 길게 하더니 잠꼬대 같은 말을 웅얼거렸다.

"그러니까 그런 거를 너네 외할머니한테서 너네 엄마가 닮고 또 은지 너가 닮고 그랬나 보다."

"그런 게 뭔데?"

해인은 잠든 척 대답하지 않았다. 갑자기 피로가 몰려오기도 했고, 실제로 졸리기도 했다.

중학교에는 그럭저럭 익숙해졌다. 같은 초등학교를 다녔던 친구들이 많고 은지도 있다. 은지와 같은 동아리를 하고 싶어서 인기 없는 영화부를 적었다. 영화 틀어 주는 동안 잘 수 있는 건 좋은데 가을에 축제 준비할 생각을 하면 아득했다. 나머지 1학년 둘도 마음에 들지 않았다. 하나는 뭐가 좋은지 내내 싱글싱글이고 하나는 뭐가 못마땅한지 내내 부루퉁하다. 뭐, 걔네랑 친해질 것도 아니니까. 해인은 이제 이사한 집에만 익숙해지면 되겠다고 생각하다가 잠이 들었다.

해인은 금요일 밤부터 주말까지 은지네서 보냈다. 하루 세 끼 꼬박꼬박 은지 외할머니가 차려 주는 밥을 잘 먹고, 은지와 나란히 싱크대에 서서 거품으로 장난을 치며 설거지를 하고, 은지 엄마까지 넷이 거실 테이블에 모여 앉아 손톱에 매니큐어를 바르고 놀았다.

저녁을 먹는데 은지 엄마가 해인을 빤히 보다가 말했다.

"편하게 있어."

"편해요, 지금."

"브래지어 하고 밥 먹으면 답답하지 않니? 집에서처럼 해."

은지도 은지 엄마와 할머니도 브래지어를 하지 않는다. 사실 해인은 은지네 올 때면 눈을 어디에 둬야 할지 당황스러웠다. 해인은 집에서 밥 먹을 때도, 혼자 방에 있을 때도, 심지어 잘 때도 내내 브래지어를 한다. 해인의 엄마도 그렇다. 의식하기 시작하니 해인은 가슴이 답답하고 숨이 가빴다. 밥을 먹다 말고 은지의 방에 들어가 브래지어를 벗어 놓았다. 해인은 얼굴이 조금 붉어진 채로 식탁에 다시 앉았다. 정작 은지네 가족들은 아무 관심도 없었다. 그날 해인은 저녁밥을 두 그릇 먹었다.

일요일 저녁, 은지의 엄마가 차로 해인을 집까지 데려다주었고 은지는 차창을 내리고 손을 흔들며 말했다.

"톡 할게."

은지 엄마의 차가 골목을 빠져나가기도 전에 은지에게서 톡이 왔다. 방 정리 다 끝나면 초대하란다. 해인은 절대 이 집을 보여 주고 싶지 않았지만 은지가 먼저 그렇게 말해 주어 고마웠다.

이사 온 후로 해인은 항상 방문을 잠갔다. 상민은 왜인지 계속 해인에게 화가 나 있고 아빠와 엄마는 상민이 잠든 뒤 거실에 나와 언성을 높이는 날이 많았다. 문을 잠가도 얇은 벽 너머로 지긋지긋한 생활의 잡음들이 고스란히 넘어왔다. 그래도 딸각, 잠금단추를 누르는 순간 가족들과 자신을 가르는 보호막이 생기는 것 같았다. 그다음 브래지어 후크를 풀고 귀에 이어폰을 꽂은 후 BTS를 플레이하면 그제야 숨통이 트였다. 해인의 멜론 플레이리스트에는 'BTS_Aside'와 'BTS_Bside' 이렇게 두 개의 리스트가 있다. Aside엔 〈불타오르네〉〈IDOL〉〈RUN〉 같은 신나는 곡이, Bside엔 〈봄날〉〈Save ME〉〈Whalien 52〉 같은 감성적인 곡이 담겨 있다.

콘서트나 사인회에 가 본 적은 없다. 영화관에서 콘서트 실황 영상을 보는 것으로 만족해야 했다. 그래도 큰 스크린과 생생한 사운드로, 같은 마음의 관객들과 함께 흥얼거리고, 박수 치고, 눈물 흘리며 관람할 수 있어서 좋았다. 두 시간 일찍 가서 근처 캐릭터숍에서 스티커와 무릎담요를 사고 포토 티켓도 출력했다. 해인의 유일한 기쁨이다.

폰으로 BTS가 리얼리티 프로그램 촬영을 위해 출국했다는 기사를 읽고 있는데 문고리가 덜걱덜걱했다. 이어 방문을 퉁퉁 두드리는 소리가 이어폰을 뚫고 들어왔다. 귀에서 이어폰을 뺐다.

"해인아?"

아빠의 목소리. 해인은 다급히 셔츠 안으로 손을 넣어 브래지어 후크를 잠그고 문을 열었다. 아빠는 고개만 들이밀고 방을 둘러보았다.

"문이, 잠겨 있더라?"

"아까 옷 갈아입고 그대로 됐나 봐요."

아빠는 고개를 끄덕이며 방 안으로 들어섰다. 여전히 미심쩍은 눈으로 해인을 빤히 보다가 생각났다는 듯 말했다.

"참, 해인아. 가람여고 가라. 너는 공부만 열심히 해. 이제 다 끝났어. 아빠 그 사람 찾았어. 우리 가족은 큰이모랑 사는 걸로 주소 해 놓을 거니까 그렇게 알고 있어."

가람여고는 다난동에 있는 지역 자사고다. 지역 자사고이므로 서울 거주자 및 서울 소재 중학교 졸업 예정자만 원서를 낼 수 있고, 자사고 중에서도 돈이 많이 들기로 유명해 애초에 경쟁률이 높지 않다. 등록금부터 급식비, 특별활동비, 교재비, 부교재비…… 내라는 항목도 많고 액수도 크다. 그런데 아빠가 가람여고에 가라고 말했다. 돈도 집도 직장도 없고 미래도 없는 아빠가.

가람여고 바람을 넣은 것은 다난동에 사는 큰이모다. 어려서는 자매 중 가장 눈에 띄지 않았던 큰이모는 특유의 꼼꼼하면서도 사교적인 성격 덕분에 보험 설계사로 크게 성공했다. 영화배우 뺨치게 훤칠한 이모부와 뒤늦게 결혼해 이모부를 꼭 닮은 잘생긴 두 아들도 얻었다. 하지만 모든 것을 가질 수는 없었다. 잘생긴 두 아들은 공부를 못해도 너무 못해서 이모의 속을 태웠다. 큰이모는 공부를 곧잘 하는 해인을 딸처럼 예뻐했고 해인이 초등학생 때부터 입버릇처럼 가람여고에 가라고 말했다.

큰이모네 베란다에서는 가람여고 운동장이 보인다. 이모는 가람여고 학생들은 교복 치마를 줄여 입지도 않고 머리를 풀어 헤치지도 않고 화장도 전혀 하지 않는다고 했다.

"꼭 공부를 잘해서가 아니라 애들이 얼마나 반듯하니 이쁜지 몰라. 전에는 학교 앞 정류장 지날 일이 있어서 봤는데 애들이 하나같이 손에 요만한 핸드북을 들고 서서 중얼중얼하고 있더라니까. 버스 기다리는 그 짧은 시간에도 뭘 외우고 있는 거야."

감탄하는 이모와 달리 해인은 그 풍경이 기괴하게 느껴졌다.

"좀비야 뭐야. 왜 떼로 모여서 중얼중얼하고 있어? 이모도 물리지 않게 조심해."

해인은 그저 농담을 했을 뿐인데, 이모는 눈을 가늘게 뜨고 해인을 보다가 엄마에게 말했다.

"얘도 가람여고 가면 이런 소리 안 하게 될 거야."

엄마는 말없이 미소 지으며 무농약 사과를 여덟 조각으로 가르고 씨 부분을 도려냈다. 그때만 해도 비용 따위는 전혀 문제 될 것이 없었다. 엄두가 나지 않았을 뿐이다.

신영진 사람들은 다난동으로 넘어가기 위해서는 아이가 공부를 잘하는 것보다 엄마가 부지런한 것이 더 중요하다고들 말한다. 해인 엄마는 조금 다르게 부지런했다. 매일 아침 다른 가족들보다 한 시간 먼저 일어나 새 밥을 짓고, 다시마와 표고버섯을 우려낸 물로 국을 끓이고, 나물을 새로 무쳤다. 화장실에는 늘 물기가 없고 거실에는 머리카락 한 올 떨어져 있는 법 없고 현관에는 남매의 슬리퍼 두 켤레만 나란히 놓여 있었다. 엄마는 아빠 회사 일을 도우면서 일주일에 한 번씩 주민센터 2층 공공 도서관에서 봉사활동을 하고 생협 조합원 모임에 꾸준히 나갔다.

생협에서 사용하지 않는 유아용 가방을 모아 개발도상국의 아이들에게 보낸 적이 있다. 학원이나 어린이집, 유치원의 이름이 새겨진 가방은 그 기관을 그만두면 더 이상 가지고 다니지 않는다. 아이들이 같은 기관에 다니는 기간은 길어 봐야 2, 3년이고 여러 사정으로 중간에 그만두기도 해서 멀쩡한 가방이 버려지는 경우가 많았다.

해인 엄마는 가방을 세척하고 포장해서 본부에 전달하는 일을 했다. 베란다 가득 색색깔의 작은 가방들이 매달렸다. 해인은 가방에 새겨진 사랑유치원이니 초콜릿어린이집, 푸르니어린이집, 베이비숲어린이집 같은 이름이 귀엽고 따뜻해서 소리 내어 읽어 보았다. 늦도록 마른 헝겊으로 가방을 닦아 봉투에 담고 있는 엄마에게 해인은 힘들지 않느냐고 물었다. 그때 거실 소파에 비스듬히 누워 케이블 채널의 미국 드라마를 보던 아빠가 말했다.

"냅둬라. 지 좋아서 한다는데."

미소 띤 엄마의 얼굴이 조금씩 일그러지다 표정이 사라졌다. 아빠는 머리와 등을 긁으며 무심히 덧붙였다.

"친환경이 어쩌고 유기농이 어쩌고, 봉사를 한다느니 후원금을 낸다느니 그러면 생각 있는 사람이 된 거 같은가 봐? 뭐, 여편네들 몰려다니면서 커피나 마시고 드라마 얘기 해 대는 것보다는 낫지."

엄마는 대꾸 없이 가방만 포장했고 해인은 마음이 무너져 내렸다. 아빠가 엄마에게 하는 말들은 언제나 해인에게 아프게 꽂혔다.

"아빠도 지금 드라마 보면서 왜 다른 사람들이 드라마 보는 거 욕해요?"

"이건 미드잖아. 우리나라 막장 드라마랑은 수준이 다르지."

"미국 드라마라고 뭐 다 수준 높은가. 아빠, 그거 사대주의예요."

아빠는 딸의 말을 농담쯤으로 받아들였는지 껄껄 웃었고 해인은 자기 방으로 돌아와 책상에 엎드려 머리를 쥐어뜯었다. 진짜 하고 싶은 말은 그게 아니었다. 원래 아무것도 안 하고 아무 생각도 없는 사람들이 점잖은 척 뒷짐 지고 서서 비웃는 법이야. 아무것도 안 하고 아무 생각도 없으니까.

해인과 상민이 아프거나 다치거나 성적이 떨어지면 아빠는 엄마를 탓했다. 자식을 보살피고 가르치는 일이 오로지 엄마의 일이라고 생각하는 아빠에게는 죄책감도 책임감도 없었다. 뭐라도 해 보려는 사람들을 비난하고 깎아내리는 방식으로 아무것도 하지 않는 자신을 합리화하는 아빠. 해인은 아주 작게 중얼거렸다. 아빠야말로 생각 좀 하면서 살아.

그러던 아빠가 다난동으로 옮기기는커녕 살던 집에서 쫓기듯 나오게 된 후로 딸을 가람여고에 보내는 일에 사활을 걸었다. 그 것이 가장이자 아버지로서 자신의 존재 가치를 증명하는 일이 라고 생각하는 듯했다. 아빠의 닦달에 못 이긴 엄마는 가족 모 두를 큰이모네 주소로 위장전입시켜 놓았다. 이모부가 돌아가시 고 사촌 오빠들도 군대로, 해외 대학으로 떠난 후 그 넓은 아파 트에 이모 혼자 살고 있었다. 해인이네가 같이 산다 해도 이상할 것 없었다.

해인은 가람여고 지원서에 담임 확인을 받아야 했다. 입구를 꼭꼭 막은 서류 봉투를 들고 한참을 망설이다 교무실에 들어갔 다. 다윤이 영어 선생님과 나란히 앉아 경인외고 지원서를 쓰고 있었다. 해인은 다윤에게로 시선을 주지 않으려 애썼고, 다윤 도 해인이 들어온 것을 알았지만 의식적으로 피하는 것 같았다.
조심스럽게 지원서를 책상에 내려놓은 해인과 달리 담임은 대 수롭지 않게 봉투에서 원서를 꺼내 팔랑팔랑 넘겨 보며 지금 이 모랑 같이 산다고? 했다. 해인이 대답하지 못하고 머뭇거리는데 담임이 해인의 등을 토닥이며 이모님 말씀 잘 들어, 했다. 다 알 면서 저러나, 정말 모르나. 해인은 담임의 진심을 알 수 없었다.
교무실에서 나오자마자 해인은 도망치듯 뛰었다. 복도 끝에서

같은 반 친구와 부딪혔고 부주의했던 건 마찬가지인데 친구가 앞
좀 보고 다니라고 짜증을 냈다.

"어, 미안."

너무 빠른 사과에 머쓱해진 친구가 해인의 후드를 바로잡으
며 물었다.

"어디 갔다 와? 교무실?"

"응."

"교무실엔 왜? 너, 설마, 자사고 같은 데 원서 써? 어디?"

"심부름 갔었어. 웬 자사고?"

그날의 변명은 예언이 됐다. 해인이네의 위장전입 사실이 드러
난 것이다.

방문 너머에서 엄마의 목소리가 들렸다. 이모와 통화하는 듯
했다. 다른 말은 없이 네 번쯤 괜찮다고 말했다. 그리고 꽤 긴 정
적. 벌써 전화를 끊은 건가. 해인은 소리가 나지 않도록 방문을
열었다. 엄마는 휴대폰을 두 손으로 꼭 쥔 채 창밖을 내다보고
있었다.

거실 창 너머로는 예전에 살던 아파트 단지가 보인다. 띄엄띄엄
노란 불빛. 해인이네도 저 빛 중의 하나이던 때가 있었다. 구멍이
파인 듯 푹 꺼진 엄마의 두 눈에서는 어떤 감정도 읽어 낼 수 없

었다. 아, 엄마. 위로해도 될까 망설이는데, 엄마가 웃었다. 소리 없이, 하지만 앞니가 다 드러나도록 환하게. 해인은 살금살금 되돌아 책상에 가 앉았다. 잘못 보지 않았다. 분명, 엄마가 웃었다.

엄마는 아빠와 해인을 거실로 불러 큰이모와의 통화 내용을 전했다. 가람여고 자체 조사에서 위장전입 사실이 발각되었다고 한다. 작은방 옷걸이에는 해인의 교복과 트레이닝복이 걸려 있고, 창가의 앉은뱅이책상에는 중학교 수학 문제집이 펼쳐져 있고, 문제집 사이에는 샤프가 끼워져 있었지만 이모 집에 해인이네 다른 가족의 물건은 하나도 없었다.

아빠는 검붉은 아랫입술을 뚫을 듯이 꽉 깨물었다.

"그럼 우리 해인이 고등학교는 이제 어떻게 해?"

익숙한 예전의 눈빛이 되살아났다.

"엄마란 사람이 애 고등학교 하나 제대로 못 보내고. 해인이 방처럼 감쪽같이 해 놨다며? 해인이 방만 만들어 두면 뭐 하니? 네가 제대로 하는 일이 대체 뭐야?"

"그러는 너는 뭘 했는데? 내가 언니한테 부탁하고 방 꾸미고 주민센터 다니면서 전입신고하는 동안 너는 해인이 가람여고 보내기 위해서 뭘 했는데? 네가 하지 않은 일에 대해서 넌 말할 자격 없어."

"너 이제껏 내 덕에 편하게 먹고살았다는 거 잊지 마."

"당신 일 잘될 때도 잘못됐을 때도 난 아무 말 안 했어. 내가 하지 않은 일에 대해서 나는 이러쿵저러쿵 말하지 않아."

둘의 목소리가 점점 커지자 해인은 등이 따갑고 얼굴이 간지럽기 시작했다. 해인은 아빠의 폭력적인 말들 속에 엄마를 내버려 둘 수 없었다. 주먹을 꼭 쥐고 외쳤다.

"잘못했어요!"

가람여고에 가고 싶지도 않고 이모네로 위장전입해 달라고 한 적도 없다. 아무도 해인의 의견을 묻지 않았다. 해인의 잘못이 아니다. 그리고 엄마의 잘못도 아니다.

"네 잘못 아니야. 해인이는 이제 그만 들어가 공부해. 아니, 자라. 늦었다."

되레 자신을 다독이는 엄마의 말에 눈물이 날 것 같아 해인은 재빨리 자기 방 쪽으로 몸을 돌렸다. 아빠가 해인을 불렀다.

"이해인! 넌 아빠한테 인사도 안 하고 들어가니?"

해인은 다시 돌아서 고개를 꾸벅 숙였다. 방에 들어오자마자 소리 나지 않게 방문 잠금단추를 눌렀다. 수납장 위에 개켜 놓은 이불을 마구잡이로 끌어 내리고 그 위에 지친 몸을 던지듯 뉘었다. 해인은 무릎을 당겨 웅크리며 중얼거렸다. 씨발, 인사받고 싶으면 지가 먼저 하든가.

그 밤 엄마 아빠의 대화인지 싸움인지가 어떻게 끝났는지 해인은 모른다. 세상에서 가장 불편한 자세로 이불 더미 위에 구겨져 꿈도 꾸지 않고 깊이 잤다. 아침에 일어났을 때 머리가 아프지 않은 것도 정말 오랜만이었다.

아슬아슬하게 연락이 이어지던 교포 사업가는 다시 완벽하게 자취를 감추었다. 아빠는 더 이상 그를 찾아다니지 않았다. 은행, 구청, 변호사 사무실을 다니며 포기하고 구제받고 용서를 구하고 또 받았다. 작은 상가 건물의 경비원으로 일을 시작했다. 틈틈이 더 안정적인 직장을 찾아 이력서를 내고 면접을 보러 다녔다. 전처럼 매일 면도하고 옷을 갖춰 입고 손을 자주 씻고 해인과 상민에게 미안하다고 말했다. 해인은 그런 아빠가 대단하다고 생각했지만 좋아지지는 않았다.

위장전입 적발 이후로 해인은 오히려 마음이 편해졌다. 공부도 더 잘됐다. 학교 수업이 끝나고 곧바로 학원으로 가 자습실에 있는데 상민에게서 전화가 왔다. 받지 않았다. 아예 폰을 가방에 넣어 버렸다. 수업 시작 직전에야 궁금하기도 하고 불안하기도 해서 폰을 꺼내 봤다. 그사이 부재중 전화 네 통과 문자 두 통이 와 있었다.

첫 번째 메시지, '아빠가 너 지금 당장 오래'.

두 번째 메시지, '아빠미친거가다무서워좀와'.

첫 번째 메시지만 있었다면 집에 가지 않았을 것이다. 하지만 채 10분이 지나지 않아서 도착한 두 번째 메시지의 상태가 너무 엉망이었다. 게다가 아직 아빠의 퇴근 시간이 되지도 않았다. 모른 척하고 싶은 마음과 동생을 보호해야 한다는 생각이 동시에 들어 해인은 패딩을 들었다 놓았다 반복했다. 결국 해인은 까만 롱 패딩을 어깨에 걸치며 조용히 강의실을 빠져나왔다. 몇몇 아이들이 의아한 눈으로 해인을 돌아보았다.

현관문을 열어 주는 상민의 이마가 벌겋게 부어올라 있었다. 해인은 베란다에서 담배를 피우고 있는 아빠를 향해 소리쳤다.

"아빠 미쳤어? 상민이 때렸어요?"

"네 책장에 부딪힌 거야."

"거짓말하지 마요!"

그때 상민이 해인의 팔을 붙잡았다.

"맞아, 누나. 누나 책장이 넘어졌어."

내 책장? 해인은 뒤통수가 뜨끈하게 달아오르는 것을 느꼈다. 급히 자신의 방으로 달려가 문을 열었다. 책장이 기울어져 반대편 벽에 기대어 세워진 상태였다. 방이 좁아 책장이 완전히 넘어가지는 못하고 책들만 바닥으로 떨어져 엉망으로 쌓였다. 방 안으로 한 발짝도 들어가지 못하고 서 있는 해인 옆으로 상민이 왔다.

"아빠가 뭘 찾는 것 같았어."

해인은 쿵쿵쿵쿵 소리가 나도록 요란하게 좁은 거실을 가로질러 베란다로 갔다. 아빠에게서 술 냄새가 나지는 않았지만 콧잔등이 볼펜으로 그은 듯한 붉은 핏줄들로 가득했다. 해인은 애써 일상적인 어조로 방이 왜 저렇게 되었느냐고 물었다.

아빠는 새 담배를 꺼내 불을 붙인 후 해인의 반대편으로 고개를 돌려 연기를 뱉어 냈다. 바람이 불어와 담배 연기가 해인을 훅 덮쳤다.

"무슨 밉보일 짓을 하고 다니는 거냐?"

"뭐가요?"

"여자애였다더라. 분명 어린 여자애 목소리였대. 우리 집 주소랑 이모 집 주소를 불러 주면서 확인해 보라고 했다더라."

해인은 그대로 얼어붙었다.

"교무실로도, 행정실로도 전화를 해서 두 집 주소를 또박또박 불러 줬대. 소름 끼치지 않니? 생판 모르는 경쟁자가 아니라 우리 친척 주소까지 알 정도로 너랑 아주 가까운 애라는 게? 내가 잡을 거야. 가만두지 않을 거야."

아빠의 손가락 사이에서 담배가 타들어 가고 해인은 그 가느다란 연기가 그리는 규칙적인 무늬를 보고 있었다. 해인이 천천히 입을 열었다.

"다 그래요, 아빠."

"뭐?"

"다 그렇다고요."

"뭐가 다 그래?"

"위장전입 대부분이 가까운 친구들의 제보로 발각된다는 얘기 못 들으셨나 봐요. 생판 모르는 경쟁자가 위장전입인 줄 어떻게 알고 제보를 하겠어요, 생판 모르는데. 다 주변 아이들이 제보하는 거예요. 자기는 고생길 가고 있는데 같이 학교 다니고 학원 다니던 애는 백으로 돈으로 지름길을 찾아가면 질투 나고 억울하지 않겠어요?"

"그래서 그럴 수도 있다는 거야? 넌 네 인생 망친 애가 원망스럽지도 않니?"

해인은 아빠를 빤히 보다 말했다.

"제 인생 망치지 않았어요. 망쳐지지 않았어요, 아빠."

그리고 조용히 방으로 돌아왔다. 해인은 기울어진 책장을 일으켜 세우고 책들을 제자리에 꽂으며 생각했다. 혹시 아빠는 자신의 인생이 망쳐졌다고 생각하는 걸까. 정리하며 책들을 들춰 보기도 하고 그중 그림책 몇 권은 다시 읽기도 했다. 은지와 주고받은 편지는 읽다 보니 좀 오글거려서 안쪽으로 숨겨 넣어 두었다.

해인이네가 건너편 아파트에 살던 때였다. 6학년을 앞둔 2월의 어느 오후, 사다리차에 연결된 사다리가 쭉쭉 뻗어 올라가는 것을 해인은 멍하니 보고 있었다. 1층, 2층, 3층, 4층······ 22층! 4층에 살던 해인은 저렇게 높은 집에 사는 사람들은 멀미약을 먹어야 하지 않을까 생각했다. 그게 은지네였다.

새 학년 첫날 엘리베이터에서 마주친 해인과 은지는 운명처럼 같은 교실로 들어갔고 단짝이 되었다. 해인은 은지네에 자주 가서 놀았다. 은지 부모님이 이혼한 후부터 함께 살았다는 은지 외할머니는 우리 해인이, 우리 해인이, 라고 부르며 손주 대하듯 해인을 반겨 주었다. 해인이 집에 돌아갈 때면 은지 외롭지 않게 자주 놀러 오라고 말했다. 그러면 은지는 콧잔등을 찡그리며 할머니를 향해 슬쩍 눈을 흘겼다.

"할머니, 나 하나도 안 외롭거든?"

은지네 베란다에서 내려다보면 길 건너 주택가는 크기와 높이가 제각각인 네모난 집들과 그 옥상의 노랗고 파란 물탱크들과 골목을 구불구불 달리는 자동차들이 너무 작아 꼭 블록으로 만든 장난감 마을 같았다. 해인은 은지네 베란다에서 그 블록마을 보는 것이 좋았다.

"저기 끝에 기와집 있어! 도대체 언제 지은 걸까?"

"저 동네에 지은 지 100년 넘은 집도 있대."

"정말? 그런 집은 문화재 같은 걸로 지정해야 하는 거 아니야?"

"오래됐다고 무조건 문화재겠어? 우리 할머니 할아버지 집도 50년은 됐다던데."

해인은 아파트에서 태어나 아파트에서만 살았다. 놀러 가 본 친구네 집들도 모두 아파트였다. 현관을 열면 TV와 소파가 놓인 거실이 바로 보이고 거실과 이어진 주방이 있고 거실을 빙 둘러 방이 두 개 혹은 세 개, 화장실, 베란다. 다들 비슷한 구조와 크기였다.

은지는 도로 건너의 집들은 그렇지 않을 거라고 했다. 거실이 없거나 주방이 현관 밖에 있어 신발을 신고 나가야 하거나 변기가 있는 화장실과 세면대가 있는 욕실이 각기 따로 있기도 하다고. 은지네 할아버지 동네가 그렇단다. 해인이 신기해하자 은지는 그런 주택에 한 번도 가 본 적 없냐고 물었다. 해인은 고개를 끄덕였다.

"정말? 너네 할머니 할아버지 집도 아파트야?"

"할머니 할아버지는 안 계셔. 울 아빠 어렸을 때 돌아가셨대. 그리고 외가는 아파트야. 42평."

"그렇구나. 우리 할머니 할아버지 집은 동화책에 나오는 그런 옛날 집이야. 마당 구석에 광이 있어서 거기 말린 나물이랑 매실

청도 두고. 옥상에는 텃밭이 있어서 호박이랑 고추랑 상추 같은 것도 따고 그러는데 재밌어. 근데 주차장이 없어서 불편하지. 저번 추석에 할아버지 집 대문 앞에 누가 차를 세워 둔 거야. 차 주인이랑 울 아빠랑 멱살 잡고 싸워서 파출소 갔다 왔잖아."

해인은 은지의 얘기가 드라마처럼 재밌었다. 할아버지 집에서 다른 일은 또 없었느냐고 물었다.

"갈 때마다 동네에 중국 사람이 늘어나. 한자 간판이 하나씩 생기고 직업 소개, 뭐 이런 사무실도 늘어나고, 중국 식당도 늘어나고. 아빠는 이러다가 중국 동네 되겠다고 엄청 걱정해."

"중국 동네가 되면 뭐가 안 좋은데?"

"위험하대. 아빠는 맨날 그 사람들이 중국에서 사람을 죽였을지 마약을 팔았을지 알 게 뭐냐고 그래. 뭐, 그렇게 치면 우리 옆집 사람들도 도둑놈일지 사기꾼일지 알 게 뭐야."

해인은 느리게 고개를 끄덕였다. 해인의 아빠도 비슷한 얘기를 한 적이 있다. 주택가 뒤편으로는 철근이나 파이프 같은 철재를 다루는 작은 공장들이 많이 모여 있다. 외지고 어둡고 거친 사람들이 있어 위험하다, 그러니 엄마와 해인이는 그쪽으로 지나다니지 말라고 했다. 재밌고 신기한데 무서운 곳. 그냥 이렇게 얘기로만 듣고 싶은 곳. 그때만 해도 해인은 자신이 그곳에 살게 될 줄 몰랐다.

은지의 이야기

은지는 6학년이 되면서 신영진으로 이사 왔다. 이사 전에는 엄마와 외할머니와 은지가 모두 한방에서 잤다. 원래 작은방은 할머니가 쓰고 큰방은 은지와 엄마가 같이 썼는데 엄마가 늦게 퇴근할 때면 할머니가 큰방에 누워 은지를 재우다 잠들곤 했다. 자연스럽게 세 사람이 큰방에서 같이 잤다.

서울을 떠나며 은지네는 더 넓고 방도 하나 많은 아파트를 구할 수 있었다. 은지가 자기도 방을 갖고 싶다고 했다. 혼자 잘 수 있겠느냐고 엄마가 두 번, 할머니가 세 번 물었고 은지는 그렇다고 대답하다가 끝내 짜증을 냈다. 그래 놓고 이사 첫날 밤, 베개를 끌어안고 엄마 방문을 빼꼼 열었다.

"나 오늘만 여기서 자도 돼?"

침대에 앉아 TV를 보던 엄마가 몸을 움직여 공간을 만들어 주었다. 은지가 풍덩 빠지듯 침대로 뛰어들었고 엄마는 리모컨으로 TV를 끄고는 은지와 마주 보며 누웠다. 엄마가 은지를 안아 토닥이자 은지가 엄마 품으로 파고들었다.

"엄마 회사 멀어져서 미안해."

"비슷해. 거리상으로는 더 멀긴 한데 전용도로 타면 금방이라 걸리는 시간은 비슷해."

"그래도 미안해."

"왜 그런 생각을 하는지 모르겠네. 나는 네 아빠하고 헤어질 때도 너한테 미안하지 않았는데."

"엄마는 뻔뻔하잖아."

"너도 나 닮아 뻔뻔했으면 안 미안했을 텐데. 이런 성격은 아빠 닮았나 보다."

"지난달에 나 할머니 생신 갔다 온 날 있잖아. 그때 집으로 데려다주면서 아빠가 나한테 미안하다고 그러더라고."

왜? 뭐가? 그리고? 하면서 꼬치꼬치 캐묻거나 그러게 진작 좀 잘하지, 너네 아빠 웃긴다, 하며 혀를 찰 줄 알았던 엄마가 조용했다. 은지는 괜한 소리를 했나 싶어 몸을 살짝 뒤로 빼고 엄마를 올려다보았다. 엄마는 이미 잠들었다. 은지는 엄마가 뻔뻔하고 잠이 많아서 좋았다. 미안해하지 않아서 좋았다.

하은과는 4학년 때도 같은 반이었다. 친구 생일 파티 때, 학원 셔틀 기다리다 우연히 마주쳤을 때 서너 번 어울렸을 뿐 별로 친하지는 않았다. 5학년 교실에서 다시 만났지만 은지는 옆 동 사는 서연과 붙어 다녔고, 하은은 영어 학원에 같이 다니는 친구 셋과 무리 지어 다녔다. 한 번 앞뒤로 앉게 된 적이 있는데 그때 가까워졌다.

엄마가 인터넷 서점에서 책을 사고 사은품으로 받은 북파우치는 여러 사이즈의 스티커들이 모두 넉넉하게 들어갔다. 은지는 북파우치에 스티커들을 담아 다니며 노트에도 붙이고 교과서에도 붙이고 독서록이나 일기장, 과제물에도 삽화처럼 붙이곤 했다. 은지가 알림장에 '수채화 도구 준비'라고 쓰고 옆에 붓과 팔레트 모양 스티커를 붙이고 있는데 하은이 뒤돌아 물끄러미 보다가 말했다.

"예쁘다! 나도 하나만!"

은지는 흔쾌히 똑같은 미술 도구 스티커에 책 모양 스티커까지 하나 더 떼어서 건넸다.

"이거 독서록 옆에 붙일래?"

"우와, 고마워!"

잠시 후 하은은 반짝이는 알파벳 스티커 S, E, J 세 장을 은지에게 건넸다. 은지는 알림장 표지에 적어 놓은 자신의 이름 송, 은, 지, 글자 위에 하은이 건넨 S, E, J 스티커를 붙였다. 표지를 하은 쪽으로 세워 보여 주자 하은이 예뻐, 했다. 하은은 가방에서 스티커가 빵빵하게 담겨 있는 작은 지퍼백을 꺼내서 보여 주었다.

"나도 스티커 모아."

하은이 폭신폭신한 캐릭터 스티커 한 장을 통째로 주어서 은지도 큰맘 먹고 아끼는 큐빅 스티커를 주었다.

그때부터 쉬는 시간마다 은지와 하은은 마주 앉아 얘기도 하고 그림도 그리고 빙고 게임도 했다. 한 달이 지나고 자리는 멀어졌지만 아침에는 같이 학교 도서관에 가서 책을 빌리고 오후에는 학원 가기 전까지 운동장 놀이터 구석에서 시간을 보냈다. 하은의 영어 학원 친구들도 함께 어울릴 때가 많았는데 그 많은 아이들이 모두 은지네 집에 몰려와 뛰다가 아래층의 항의를 받기도 했다.

잘 지냈다. 재밌고 좋았다. 언제부터 왜 어긋났는지 은지는 알지 못했다. 하은은 일정을 조율하거나 장소를 정할 때 자신의 뜻대로 되지 않으면 지나치게 화를 냈다. 하지만 은지는 크게 마음 쓰지 않았다. 적당히 받아 주다가 정말 아니다 싶으면 그냥 빠졌다. 오늘은 할머니가 일찍 오랬는데 깜빡했네, 나 학원 숙제 해야 해, 갑자기 배가 아파서 같이 못 먹겠다, 그렇게 자연스럽게 빠졌던 걸로 기억한다.

체육 수행평가 과제는 필리핀 전통 대나무춤이었다. 기본동작도 어렵지 않고 대나무 대신 길고 탄성이 있는 점핑밴드를 이용해 어디서나 쉽게 연습할 수 있었다. 최대 다섯 명까지 자유롭게 모둠을 꾸려 곡을 고르고 안무를 짜고 연습해 발표해야 했다. 마침 모둠을 정하는 날 은지가 엄마와 제주도 여행을 가느라 결석했다.

은지가 제주도에서 돌아왔을 때 이미 하은과 서연, 하은의 영어 학원 친구 셋까지 다섯 명이 모둠을 이룬 상태였다. 은지는 선생님에게 지난 시간 결석을 해서 모둠을 만들지 못했다고 설명하고 여섯 명까지 허락을 받았다.

"얘들아, 여섯 명까지 괜찮대! 연습 같이 하자!"

은지가 달려오자 아이들의 표정이 굳었다. 아무도 눈을 마주치지 않다가 한참 만에 하은이 말했다.

"우리 모둠은 안 되겠는데? 벌써 다섯 명에 맞춰서 안무도 다 짰어."

"같이 하자. 안무 조금씩만 바꾸면 되지."

분위기 파악이 안 된 은지가 대수롭지 않게 말했고 하은이 또 거절했다.

"안 돼. 그럼 헷갈려서 실수해."

그제야 은지의 얼굴에서 미소가 사라졌다. 친구들이 모두 자리를 떠나고 은지 혼자 남아 어쩔 줄 모르고 있을 때 여자 회장이 다가왔다.

"너 저번에 체육 든 날 결석했지? 우리 모둠 들어올래?"

"응!"

너희 모둠이 몇 명이고 누구고 안무는 짰는지 그런 것을 물어볼 겨를도 없었다. 무조건 좋았고 고마웠고 다행이었다. 평가가 다 끝난 후에야 선생님이 회장을 시켜 은지에게 모둠을 만들어 주었다는 것을 알았다.

은지네 모둠이 제일 잘했다. 하은은 줄에 두 번이나 걸렸고 두 번째는 아예 바닥에 손을 짚고 제대로 넘어졌다. 당황한 하은이 다시 시작하지 못하고 머뭇거리자 아이들이 박수를 치며 셋, 둘, 하나, 하고 박자를 찾아 주었다. 발표가 끝나고 하은은 책상에 엎드려 한참 울었다. 같은 모둠 아이들이 주변에 둥그렇게 둘러서서 하은을 위로했는데 은지는 위로하기도 어색하고 모른 척하기도 마음이 불편해 근처를 빙글빙글 배회만 하다가 돌아왔다. 이후로 그 다섯 명은 은지와 눈도 마주치지 않고 말도 걸지 않고 말을 걸어도 대답하지 않았다.

다섯 명이면 같은 반 여학생의 거의 절반이다. 게다가 가장 친하던 다섯 명이다. 학생 수가 적은 교실에서는 한번 실수하면, 한

번 친구를 잃으면 끝장이다. 은지는 먼저 웃으며 친구들에게 다가가 보기도 하고 정색하며 이유를 묻기도 했다. 전화를 걸고 문자를 보냈다. 쪽지를 책 사이에 끼워 놓거나 서랍에 편지를 넣어 놓기도 했다. 어떻게 해도 반응은 없었다.

한번은 교실로 들어오던 은지가 뒷문에서 남학생과 마주쳤다. 서로 머뭇머뭇 비켜야 할 방향을 잡지 못하고 있는데 남학생이 비아냥대며 중얼거렸다.

"내 알림장에느으은 아직도오오 니가 준 알파벳 스티커 붙어 있어어어. 베에에에에."

내 알림장에는 아직도 네가 준 알파벳 스티커가 붙어 있어. 은지가 하은에게 보냈던 쪽지 속 구절이다. 은지는 가루로 부서져 흩어지는 것 같았다. 손이, 눈이, 머리가, 가슴이, 숨이, 마음이 너무 작아져 붙잡으려고 해도 잡히지 않았다. 내 쪽지를 돌려 보고 있었구나. 하은과 친하지도 않은 남자애까지 알 정도면 대체 얼마나 많은 애들이 본 걸까. 자리로 돌아와 앉는데 반 아이들 모두 자신을 쳐다보는 것 같았다. 아무하고도 눈을 마주치고 싶지 않았다. 책상에 엎드려 수업 시작종이 울리길 기다렸다.

후문 앞에서 수학 학원 셔틀을 기다리는데 은지의 가방에 툭, 뭔가가 부딪혔다. 은지는 심장이 확 쪼그라들었다. 가만히 얼어서 눈동자도 움직이지 못하고 정면만 보았다. 그때 다시 가방에 무언가가 툭툭, 부딪히는 소리가 났다.

"송은지!"

하은이었다.

"이따가 애들이랑 서연이네서 놀기로 했는데. 4시 45분쯤? 다들 학원 끝나고 올 건데 너도 와라."

너도 올래? 가 아니라 너도 와라. 은지는 홀린 듯 조용히 고개를 끄덕였다.

"꼭 와! 이따 봐!"

하은은 밝게 웃으며 손을 흔들고는 총총 뛰어 후문으로 다시 들어갔다. 평소와 다르게 후문 앞에 학원 셔틀이 한 대도 없고 사람도 한 명 없었다. 하은이 후문으로 뛰어 들어가던 장면이 꿈처럼 아득했다. 은지는 엄마에게 전화를 걸어 수학 학원이 끝나면 서연이네에 가겠다고 말했다.

—애들만 있는 건 안 돼. 서연이 부모님 다 회사 다니신다며? 서연이네 지금 어른은 있어?

그건 모른다.

"엄마, 오늘만. 애들 다 온다고 했단 말이야. 나만 빠지면 나중에 못 끼어."

은지의 입에서 불쑥 준비하지 않았던 말이 나왔다. 엄마는 생각하는 듯 잠시 조용하다가 답했다.

—알겠어. 다음부터는 우리 집으로 데리고 와. 그리고 할머니한테 엄마가 전화해 놓을 테니까 6시 30분까지는 집에 들어가.

다음에는 친구들을 집으로 불러야겠다고 생각했다. 그렇게 자연스럽게 약속을 잡는 거다. 그러고 보니 하은이가 화해하려는 거구나. 그래서 친구들을 다 불러 모으고 나에게 오라고 했구나. 은지는 그 귀한 초대에 진심으로 대답해 주고 싶었다.

학원이 끝나자마자 아파트 상가 1층 편의점에 들렀다. 지갑에는 엄마가 간식 사 먹으라며 넣어 준 천 원짜리 세 장이 있었다. 은지까지 여섯 명. 3천 원으로 여섯 명 간식 사기가 만만치 않았다. 천오백 원짜리 빼빼로 한 상자와 천이백 원짜리 젤리 한 봉지를 샀을 때 시간은 이미 4시 40분이었고 은지는 빼빼로와 젤리를 양손에 쥐고 서연이네를 향해 전력 질주 했다.

초인종을 눌렀는데 아무 기척이 없었다. 정확히 4시 45분. 은지는 아직 친구들 학원이 안 끝났나 보다 생각했다. 902호라고 적힌 서연이네 현관에 기대자 철문에서 서늘한 기운이 전해져 왔다. 뛰어오느라 흘렸던 땀이 식으면서 등부터 목, 머리와 얼굴 순서로 시원해졌다. 시원한 정도가 아니라 추웠다. 은지는 한여름, 남의 집 앞에서 양손에 빼빼로와 젤리를 들고 덜덜 떨었다. 10분쯤 그렇게 서서 기다리다가 괜히 초인종을 한 번 더 눌렀다. 그리고 문을 쾅쾅 두드리며 서연아, 하고 불렀다.

설마.

다리가 아파서 쪼그렸다가 결국 바닥에 주저앉았다. 얼마나 지났을까. 맞은편 901호의 커다란 현관이 열리며 할머니가 나왔다.

"아가! 너 누구니?"

당황한 은지는 아무 대답도 못 했다.

"앞집 아기가 아닌데?"

손목시계의 분침이 3을 막 지났다. 두 손에 빼빼로와 젤리 봉지를 쥔 채로 은지는 꾸물꾸물 자리에서 일어났다. 할머니에게 꾸벅 인사하고 엘리베이터 버튼을 눌렀다.

"앞집 아기 친구인가 보네. 친구 기다려?"

할머니의 질문에 은지는 아니에요, 했다. 할머니는 상관없이 되물었다.

"친구한테 전화는 해 봤어?"

"아, 아니에요. 아니에요."

엘리베이터는 오지 않고 은지는 숨듯이 계단으로 뛰어 내려갔다. 두 손에 꼭 쥐고 있는 과자가 무안했고 이렇게 되고 보니 가는 길에 친구들을 만날까 두려웠다. 고개를 푹 숙이고 다시 전력 질주 했다.

하은은 아무런 해명도 하지 않았다. 전처럼 은지와 말을 섞지 않고 눈을 마주치지 않았다. 은지도 아무 일 없었던 것처럼 행동했다. 며칠 만에 문자메시지가 왔다.

'그때 내가 다쳐서 약속 취소됐는데 병원 가느라 연락을 못 했어. 우리 지금 1차 상가 옥상에 있는데 너도 와라.'

은지는 마침 그 상가 영어 학원에서 수업을 듣고 있었다. 바로 올라가기만 하면 된다.

상가는 3층 건물로 크고 작은 보습 학원들이 많이 입주해 있다. 옥상은 자연스럽게 학원 선생님들의 휴게실 겸 흡연 구역이 되었다. 학생들도 종종 수업을 빼먹고 숨거나 몰래 담배를 피웠다. 그래서 맞닿은 동 주민들의 민원이 끊이지 않았다. 상가 대표를 맡은 1층 부동산 사장님은 보란 듯이 커다란 자물쇠를 사다 걸었는데 고리에 걸어만 놓았을 뿐 아무도 잠그지 않았다. 선생님들도 학생들도 부동산 사장님도 조심조심 옥상을 드나들었다.

상가 옥상에는 무서운 언니 오빠 들이 많다는데. 엄마가 몇 번이나 상가 옥상에 올라가지 말라고 했는데. 무엇보다 왠지 이번에도 하은이가 없을 것 같은데. 가지 않아야 할 이유들이 수없이 떠올랐지만 은지는 자꾸 미련이 남았다.

학원 시간이 지나도록 하은이와 놀이터 미끄럼틀에서 놀 때가 생각났다. 묵찌빠를 해서 진 사람이 미끄럼을 타고 내려갔다가 계단으로 올라와 다시 도전하는 아주 단순한 룰이었다. 빨리 이기고 싶어 콩콩콩 철판을 울리며 뛰어 올라오곤 했다. 서로 기대어 앉아 노래를 부르기도 하고 초콜릿이나 과자를 까먹기도 했다. 별것도 없는데 이상하게 재밌었고 불량한 학생이 된 것 같은 스릴과 쾌감도 있었다. 그때를 생각하자 은지의 입꼬리가 스르르 올라갔다. 은지는 하은의 메시지를 다시 한번 열어 본 후 답장을 보냈다.

'나 이제 학원 끝나서 올라가려고. 지금도 있어?'

'응. 얼른 와.'

심호흡을 크게 한 후, 옥상으로 향하는 계단을 올랐다. 계단 왼편에는 찢어진 택배 상자들과 낡은 의자, 철제 선반, 합판 같은 것이 쌓여 있었다. 짐들이 창을 절반쯤 가려 어두웠고 조금 무서웠다. 일탈이나 비행으로 향하는 지름길처럼 느껴져 발이 무거웠다. 천천히, 최대한 천천히 올라 드디어 마지막 계단을 딛자 바로 한 걸음 앞에 옥상으로 향하는 아이보리색 철제문이 나타났다.

철제문은 페인트를 여러 번 덧칠했는지 두껍고 둔탁했다. 누군가 빼꼼 열린 문의 아랫부분을 조그만 나뭇조각으로 괴어 놓았고, 열려 있는 한쪽 문의 고리에 자물쇠가 대롱대롱 걸려 있었다. 어른 한 사람이 몸을 옆으로 틀면 드나들 수 있는 정도의 틈.

출입을 자유롭게 허용할 수도 아예 막아 놓을 수도 없는 사정이 느껴지는 폭이었다.

은지도 몸을 틀어 열린 문틈 사이를 통과했는데 허공에 떠오른 왼발이 쉽게 옥상 바닥에 디뎌지지 않았다. 머뭇거리며 휘청이다 턱, 처음으로 옥상에 섰다. 낮 동안 달구어진 열기로 순간 숨이 훅 막혔다.

"하은아!"

은지는 낮게 하은을 부르며 걸어갔다. 폐업한 미술 학원의 간판이 덩그러니 버려져 있고 에어컨 실외기들과 위성방송 안테나, 편의점용 파라솔 테이블과 플라스틱 의자 네 개가 있었다. 테이블 위와 아래, 의자 옆, 구석구석 담배꽁초들이 빼곡히 꽂힌 캔이 놓여 있었다. 하은은 보이지 않았다.

옥상을 한 바퀴 돌아 아무도 없는 것을 확인한 후, 은지는 허탈한 마음으로 잠시 파라솔 아래에 앉았다. 이 얇은 천 조각이 햇볕을 제법 가리는구나, 여기에 이렇게 앉아서 담배를 피우는구나. 눅눅하고 퀴퀴한 담배 찌든 내가 올라왔다. 하은에게 문자를 보내 볼까 휴대폰 화면을 물끄러미 보다가 그만두었다. 반짝이던 새하얀 마음은 설탕처럼 녹아 끈끈하게 흘러내렸다.

은지는 속상하지 않았다. 이제 확실히 알았으니 됐고 포기할 수 있어 오히려 잘됐다고 생각했다. 플라스틱 의자에서 일어나

출입문을 향해 걸어가는데 기다란 그림자가 은지의 발에 매달려 따라왔다. 외롭지 않았다. 정말 아무렇지 않았다. 그런데 출입문이 닫혀 있었다.

들어올 때는 분명 한 뼘 반 정도, 문이 열려 있었다. 은지는 오른손으로 손잡이를 잡았다가 델 듯 뜨거워 화들짝 손을 뗐다. 긴장을 푼 후에 다시 손잡이를 잡아 밀었다. 덜컥덜컥 흔들리기만 할 뿐 열리지 않았다. 어깨로 부딪혀 밀어도 마찬가지였다. 은지는 그 자리에 주저앉아 버렸다.

스스로가 한심하고 옥상에 갇힌 것이 너무 부끄러웠다. 무릎 사이에 고개를 파묻고 엉엉 소리를 내서 울다가 무서워서인지 서러워서인지 그저 울음의 연장선인지 구분할 수 없는 마음으로 문을 쾅쾅 두드리며 살려 달라고 소리쳤다.

은지는 엄마에게 전화를 걸려다 흠칫 멈췄다. 엄마는 하지 말라는 것이 별로 없는 사람이고 그래서 은지는 엄마가 하지 말라는 것을 한 적이 별로 없다. 가지 말라던 옥상에 올라온 것을 알면 엄마가 많이 놀라고 실망할 것이다. 다음으로 할머니를 떠올렸다. 하지만 할머니가 놀라서 이리저리 뛰어다닐 생각을 하니 그것도 내키지 않았다. 게다가 할머니에게 연락하면 결국 엄마가 알게 된다. 할머니는 엄마에게 불필요한 정보를 전달하지는 않지만 엄마 몰래 은지와만 비밀을 만드는 일은 없다. 다음으로 잠깐 하은을 생각했다. 이런 상황에서 하은을 생각한다는 것이 우스웠다. 은지는 결국 엄마에게 전화를 걸었다.

—휴대폰 배터리 충분히 있니?

"78프로."

—괜히 배터리 낭비하지 말고. 난간 쪽으로 가지 말고. 괜찮아, 엄마가 금방 다시 전화할게.

엄마의 차분한 목소리에 마음이 놓이며 은지는 피곤이 몰려와 출입문 옆 벽에 기대어 눈을 감았다. 혼나긴 하겠지, 혼날 만했지, 생각하다 깜빡 잠이 들었다. 손에 꼭 쥐고 있던 휴대폰이 부르르 진동했다. 엄만가? 전화를 받으려는데 몸이 움직여지지 않았다. 잠에서 도저히 빠져나올 수가 없었다. 엄마, 엄마, 엄마…… 혼자 중얼거리다가 다시 잠들었다. 차가운 손이 얼굴을 두드리던 느낌, 영어 학원 선생님의 얼굴, 상가 소아과 원장님에게 업히던 순간들이 점선처럼 띄엄띄엄 이어지고 나머지 시간은 은지에게서 사라졌다.

방에서 낮잠을 자고 있는 줄 알았다. 은지가 학교에 간 사이 할머니가 창문을 열어 환기하고 말끔히 청소를 하고 침대 커버와 이불, 베개를 햇볕에 바짝 말린 새것으로 바꾸어 놓은 날, 마지막 체육 시간에 땀을 뻘뻘 흘린 후 집에 오자마자 샤워를 하고 침대로 뛰어들면 곧바로 잠에 빠져들었다. 아무런 꿈도 없는 깊고 건강한 잠. 옅게 소독약 냄새 같은 것이 느껴졌다. 눈을 번쩍 떴을 때 바로 엄마가 보이지 않았다면 은지는 아마 소리를 질렀을 것이다.

"소아과야."

"연세사랑?"

엄마는 고개를 끄덕였다.

"근데 엄마 회사는?"

"퇴근했지. 그리고 지금 회사가 문제겠어?"

엄마가 은지의 이마를 손바닥으로 짚어 보고 두 뺨에 손등을 갖다 대며 말했다.

"의사 선생님 말씀으로는 더워서라기보다 놀란 것 같대. 네가 그늘에 있어서 다행이었어. 맥박이랑 체온이랑 다 괜찮대."

"아픈 데 없어."

"수액 다 맞고 가자. 할머니 걱정하시니까 말하지 말고."

은지는 고개를 끄덕였다.

"할머니가 먼저 아셨으면 엄마한테 말했을 텐데. 엄마는 딸한테 말해도 딸은 엄마한테 말하지 않는 건가?"

엄마가 고개를 저었다.

"원래 엄마는 자기 딸 일을 알아야 하는 거야. 은지 일은 엄마가 알아야 하고 엄마 일은 할머니가 알아야 하고."

은지는 엄마가 모르는 자신의 일들을 떠올렸다. 엄마 그거 아니야. 현실의 딸들은 엄마에게 말하지 않는 게 더 많아. 엄마가 너무 따뜻한 눈으로 자신을 보고 있어서 말할 수 없었다. 그렇게 은지를 바라보고 얼굴과 손을 쓰다듬던 엄마가 한참 만에 물었다. 왜 옥상에 올라갔느냐고.

상가 차원에서 설치한 CCTV는 없었다. 대신 옥상 계단 바로 앞의 피아노 학원에서 관리하는 CCTV가 있었다. 복도 방향으로 하나, 학원 출입문 방향으로 하나. 복도 방향의 CCTV는 옥상 출입문까지는 아니더라도 계단 쪽으로 걸어가는 모습 정도는 담기는 각도다.

원장 선생님은 잠시 망설였다. 가끔 담배 피운 아이들을 잡겠다거나 쓰레기 버린 사람을 찾겠다며 피아노 학원으로 CCTV 확인 문의가 오지만 한 번도 보여 준 적이 없다. 수사가 필요한 사건이라면 경찰 공문을 가져오라고 대답하는데 그렇게까지 절차를 밟은 경우는 없었다. 은지가 일곱 살부터 열한 살까지 다녔던 학원이다. 엄마가 사정을 말하자 원장 선생님이 먼저 CCTV를 확인해 보고 연락드리겠다며 엄마를 돌려보냈다. 거절의 표현이구나 싶어 반쯤 포기했다.

한 시간쯤 지나 원장 선생님에게서 연락이 왔다. 엄마는 작은 쿠키나 롤케이크라도 사 가려다 오히려 선생님을 부담스럽게 할 것 같아 은지의 휴대폰과 USB만 가지고 피아노 학원으로 갔다.

"실수일 수도 있잖아요. 사람이 없는 줄 알고 그냥 문을 닫았다거나."

선생님의 첫마디였다.

"선생님 곤란하실 거 알아요. 부탁 좀 드릴게요."

"곤란해서가 아니라……."

선생님은 말을 더 잇지 못했다. 엄마가 조심스럽게 물었다.

"선생님 학생인가요?"

선생님은 이번에도 대답하지 못했다. 하은도 이 피아노 학원에 다녔다. 엄마는 하은과 은지가 주고받은 메시지를 보여 주었다. 선생님은 한숨을 크게 내쉬고는 USB에 CCTV 파일을 저장해 주었다. 작은 동네다. 원생 대부분이 단지에 사는 아이들이라 아이들끼리도 보호자들끼리도 잘 안다. 어쩌면 일이 왜곡되어 소문날 수도 있고 선생님과 학원에 비난이 쏟아질 수도 있다. 미안해하는 엄마를 오히려 선생님이 위로했다.

"아니에요. 이게 맞는 것 같아요."

CCTV에는 고개를 푹 숙이고 한 걸음 한 걸음 무겁게 발걸음을 내딛는 은지와 잠시 후 은지가 지나간 길을 따라갔다가 다급히, 거의 날아갈 듯 되돌아오는 하은과 서연의 모습이 고스란히 찍혀 있었다. 엄마가 빠르고 부지런히 대처한 덕분에 얻은 중요한 증거였다. 하지만 그러는 동안 할머니도 은지에게 일어난 일들을 알아 버렸다.

엄마가 학폭위를 요청한 날 저녁, 밥을 먹으려는데 인터폰이 울렸다. 모니터에 중년 남자의 모습이 보였다. 와이셔츠를 입고 한 손에는 쇼핑백을 들고 있는 남자. 엄마가 누구냐고 묻자 은지 아버님 계시냐고 되물었다. 은지와 은지 엄마와 은지 할머니가 동시에 불쾌해졌다.

"누구신데 은지 아빠를 찾으시죠?"

"저 하은이 아빱니다."

"은지 아빠 없습니다."

"은지 아버님 아직 퇴근 전이신가요?"

더 이상 스피커폰으로 대화할 수 없다고 생각한 엄마가 현관을 열며 딱 한 걸음 뒤로 물러났다. 하은 아빠도 현관 입구까지만 들어와 두 손을 모으고 고개를 숙여 공손하게 인사한 후 들고 있던 쇼핑백을 엄마에게 내밀었다.

"이렇게 불쑥 정말 죄송합니다. 이거 쿠킨데 제가 마침 일본 출장 갔다가 어제 왔거든요. 줄 서서 겨우 샀습니다. 맛 한번 보세요. 그런데 은지 아버님은 퇴근이 늦으시나 봐요?"

은지 엄마의 미간에 순간 얕고 짧은 세로 주름이 두 개 그어
졌다.

"저도 일본 출장 가면 자주 사 왔던 거네요. 그거 공항에 많은
데. 감사하지만 쿠키는 안 받을게요. 그런데 왜 자꾸 은지 아빠
를 찾으시죠?"

"아이들한테 문제가 조금 생겼다고 해서요. 남자들끼리 맥주
한잔하면서 허심탄회하게 얘기하면 좋을 것 같아서 이렇게 염치
불구하고 찾아왔습니다."

"하실 말씀 있으면 저한테 하세요."

엄마의 얼굴이 눈에 띄게 일그러졌다. 하은 아빠도 금세 얼굴
이 굳었다. 난감해 보이기도 하고 불쾌해 보이기도 했다. 엄마는
다시 또박또박 말했다.

"하실 말씀 있으면 하시고 없으면 돌아가 주세요. 그리고 이
렇게 늦은 시간에 약속도 없이 찾아오시는 일 이제 없었으면 좋
겠어요."

하은 아빠는 대뜸 장난이었다고 말했다. 하은이는 그냥 잠깐
장난 좀 치다가 같이 놀 생각이었는데 갑자기 어른들이 몰려오
고 은지가 업혀 나와서 말하지 못했단다.

"우리 하은이도 많이 놀랐습니다. 그날 저녁에 밥도 못 먹었
어요."

그러자 식탁에 앉아 있던 할머니가 벌떡 일어나 명치께를 움켜쥐며 소리쳤다.

"우리 은지는 아직도 밥을 못 먹어요! 잠도 못 자요! 나는 지금도 여기가, 여기가 아파서 허리를 펼 수가 없다고! 지금 그걸 말이라고 합니까?"

전보다 입맛이 없기는 하지만 전혀 못 먹는 것은 아니었다. 새벽에 두어 번 깨기는 하지만 아예 못 자는 것도 아니었다. 그런데 할머니의 말을 들으니 은지도 가슴께가 싸하게 아려 왔다. 하은 아빠는 맨손으로 얼굴을 몇 번 쓸어내리더니 고개를 꾸벅 숙여 인사하고 나가 버렸다. 엄마는 덜걱덜걱 요란하게 보조 잠금 고리까지 꼭꼭 걸었다.

"가만 보면 사람들 참 장난이란 말 잘해. 재미도 없는데."

은지는 그냥 장난이었다는 하은 아빠의 말보다, 허리를 펼 수 없을 만큼 아프다는 할머니의 말보다, 줄곧 은지 아버님을 찾던 하은 아빠의 목소리가 머릿속에서 떠나지 않았다.

처벌 근거는 충분했다. CCTV, 문자메시지, 병원 기록……. 은지 엄마는 서연이네 앞집 할머니를 만나 녹음도 했다. 엄마가 당시 상황을 설명하면서 은지의 사진을 보여 주었다. 할머니는 아, 그래, 이 애기 기억나네. 얘한테 무슨 일 있어요? 했다.

학폭위에서 하은에게 서면 사과와 특별 교육, 분반 처분을 내렸다. 곧 하은은 은지에게 사과 편지를 전한 후 이사하고 전학을 갔다. 은지에게, 로 시작하는 편지는 미안하고, 미안하고, 미안하고, 다 미안하다는 내용이었다. 나무랄 데 없이 잘 쓴, 누가 봐도 훌륭한 사과문이었다. 그런데 어떠한 변명도 없는 사과 편지가 왜인지 은지를 마음 아프게 했다.

은지는 밤마다 울고 소리 지르며 깨어났다. 깨서는 꿈을 기억하지 못했다. 엄마는 매일 은지를 폭 안고 잤다.

"은지야, 왜 그래? 응? 다 끝났는데 왜 그래?"

"엄마, 나 하은이한테 꼭 물어보고 싶은 게 있어. 내일 하은이한테 전화해도 돼?"

엄마는 눈을 감고 한참 고민한 후에 대답했다.

"알겠어. 대신 하은이가 상처 주는 말을 한다거나 너를 속상하게 하면 바로 끊어. 말하는 중간이라도 그냥 끊어. 약속할 수 있지?"

다음 날 늦은 저녁, 은지는 온 세상 걱정을 다 끌어안은 할머니와 엄마를 뒤로하고 안방에 들어가 문을 잠갔다. 커다랗고 하얀 폴더폰을 천천히 열었다. 반짝, 하며 켜진 화면 속에는 은지와 엄마와 할머니가 환하게 웃고 있었다. 딱 한 번만 시도해 보고 받지 않으면 그만둬야지 생각하며 하은에게 전화를 걸었다.

—여보세요.

　내심 하은이 전화를 받지 않을지도 모른다고, 사실은 받지 않았으면 좋겠다고 생각했다. 먼저 전화를 걸어 놓고 오히려 은지가 당황했다.

　"나 은지야."

　—응, 그래. 잘 지내?

　하은의 목소리가 차분하고 다정해서 은지는 마음이 놓였다.

　"응. 너도?"

　—응.

　"나 꼭 물어보고 싶은 게 있어서 전화했어. 솔직히 대답해 줄수 있어?"

　—응.

　"우리, 친하게 잘 지냈었잖아. 근데 나한테 갑자기 왜 그랬어? 내가 뭐 잘못했어?"

　하은은 말이 없었다. 하고 싶던 질문을 종이에 미리 적어 놓은 대로 다 한 은지도 더 이상 할 말이 없었다. 잠깐의 침묵이 지나간 후에 하은이 대답했다.

　—생각해 봤는데 너는 잘못한 거 없는 것 같아. 그냥, 그냥 그때는 네가 갑자기 싫었어.

　"아, 그렇구나."

그리고 또 한참의 정적.

―물어볼 거 다 물어봤으면 이제 전화 끊어도 돼?

"응, 그래. 잘 지내."

―응, 너도.

은지가 먼저 전화를 끊었다. 그때 은지는 처음으로 잘못하지 않아도 불행해질 수 있다는 사실을 깨달았다. 그리고 사람들은 모두 스스로 선택하지 않은 일에 영향을 받고 책임을 지고 때로는 해결하면서 살아간다는 사실도.

은지가 학폭위를 열어 달라고 한 것이 아니었다. 생각을 말할 겨를도 없이 어른들의 절차가 진행되었듯 하은도 이사를 원하지 않았을 거라는 생각을 했다. 은지는 하은과의 문제가 해결되어 마음이 놓였다. 하지만 그 과정에서 자신이 아무것도 한 게 없다는 사실은 다시 은지를 자신 없게 했다.

통화 이후에도 은지가 회복되지 않자 은지 엄마는 서울을 떠나기로 결정했다. 그 결정도 은지의 것은 아니었다.

비밀을 공유하는 일,

진심을 말하고 진심이라 믿는 일,

사람과의 관계를 소중하게 여기는 일.

소란은 아직도 이 모든 일에 익숙하지 않았다.

우리가 가까워지는 동안

　3학년 2학기가 시작된 지 며칠 되지 않은 날이었다. 떡볶이를 먹다 말고 은지가 태연하게 자카르타에 가게 될지 모르겠다고 말했다. 해인이 기겁했다.

　"뭐? 자카르타? 필리핀에 있는 그 자카르타?"

　"자카르타는 인도네시아야."

　"아, 그게 중요한 게 아니고! 언제? 왜?"

　"엄마가 자카르타 주재원에 지원했어. 다음 달이면 결과가 나올 거고 확률은 한 50퍼센트? 가게 되면 졸업을 못 하고 갈 수도 있대."

　"정말? 그럼 우리 약속은?"

　흥분한 해인을 은지가 멍한 표정으로 보다가 천천히 대답했다.

　"어, 그게…… 다른 나라에 가도, 약속을, 어긴 게 되는 건가?"

은지가 정말 모르겠다는 얼굴을 하고 있어서 아무도 대답하지 못했다. 잠시 후 소란이 낮게 중얼거렸다.

"약속 지킬 마음이 있기는 했고?"

은지는 다른 사람도 아닌 소란에게서 이런 뒤틀린 말이 나올 줄 몰랐다. 은지가 멍하니 있는데 옆에 있던 해인이 화를 냈다.

"무슨 말을 그렇게 해? 너 열등감 있어? 부러우면 부럽다고 해!"

"야, 이해인!"

소란의 호명 이후 싸움은 전혀 다른 방향으로 번지며 이전의 주제가 완전히 휘발되어 버렸다. 해인이 왜 다른 애들에게는 다윤아, 은지야, 하면서 자신에게만 항상 이해인, 이라고 성을 붙여 부르냐고 따진 것이다. 소란은 아니라고 했다. 지금은 좀 불쾌한 마음에 그렇게 정색하고 부른 거지 자신은 원래 성을 붙여 부르는 것이 어색해서 누구도 그렇게 부르지 않는다고 하자 해인이 더 화를 냈다.

"그럼 내가 거짓말하고 있다는 거야?"

"아니, 잘못 들었을 수 있다는 거야."

"어쨌든 내 잘못이라는 거네?"

다윤이 끼어들었다.

"해인아, 소란이 나한테도 김다윤이라고 부를 때 있어."

해인은 오히려 더 흥분했다.

"이것 봐! 김다윤이라고 부른다잖아! 너 성 붙여서 부르기도 한다고."

다윤이 한숨을 내쉬었다.

"해인아, 지금 그런 뜻이 아니잖아."

약한 불로 계속 끓고 있던 떡볶이는 국물이 다 졸아들고 떡도 팬 바닥에 눌어붙었다. 해인이 가장 먼저 젓가락을 내려놓았다. 해인은 은지에게 서운하면서도 은지에게 막말하는 소란이 싫었다. 소란은 쉽게 약속을 깨는 은지가 어이없고 매사 은지 대변인처럼 구는 해인이 불쾌했다. 다윤은 해인과 소란이 대체 왜 싸우는지 이해할 수가 없었다. 은지는 이 다툼을 해결할 책임이 자신에게 있다고 생각했다. 테이블 위의 가스버너를 끄고 친구들에게 물었다.

"우리 노래방 갈래?"

언젠가 같이 노래를 부르다 꼬였던 감정이 어영부영 풀렸던 기억이 떠올랐다. 해인이 됐다며 가방을 어깨에 두르자 은지가 얼른 가방을 붙잡고 부탁했다.

"이해이인! 이대로 헤어지면 나 오늘 잠 못 자. 노래방 내가 쏠게. 응?"

"와, 가자! 가자!"

다윤은 마음과 달리 요란스럽게 반가워했고, 해인과 소란은 못 이기는 척 따라나섰다.

노래방에 들어가서도 해인은 한참 동안 고개를 들지 않았다. 그러다 은지가 억지로 마이크를 쥐여 주자 조금씩 따라 부르기 시작하더니 나중에는 노래도 직접 고르고 친구들과 눈을 맞추며 웃기도 했다. 해인이 고른 노래가 나오자 소란이 자기도 좋아하는 노래라고 반가워했다. 둘이 마이크를 하나씩 사이좋게 쥐면서 완전 화해 분위기에 접어들었다. 그런데 소란이 너무 열창했다. 소란은 성량이 무척 좋다.

해인의 노래는 비명에 가까워졌다. 소란이 인상을 점점 구기더니 지지 않으려는 듯 목소리를 높였다. 급기야 둘은 서로를 보면서 시끄럽다고 욕을 하기 시작했다. 선을 넘은 욕설들이 쏟아졌다. 마이크가 켜진 상태였다. 다윤이 해인과 소란의 이름을 번갈아 열 번쯤 불렀지만 들리지 않는 듯했다. 폐쇄된 공간, 탁한 공기, 규칙적으로 반짝반짝 돌아가는 미러볼, 둥둥둥둥 배 속까지 울리는 음악 소리. 아이들은 넋이 나간 것 같았다.

은지가 해인의 어깨를 붙잡아 자신 쪽으로 당겼다. 은지가 쉿, 하자 그제야 해인은 정신이 드는지 화들짝 마이크를 껐다. 소란도 마이크를 껐고 잠시 후 곡이 끝나면서 반주와 미러볼도 멈췄다. 은지가 미안하다고 말했다.

"아직 결정된 건 아니야. 주재원 지원한다고 다 되는 건 아니래."

소란이 피식 웃으며 말했다.

"그럼 다윤이도 경인외고 원서 넣어 봐! 원서 낸다고 다 되는 것도 아니니까."

뜬금없이 소환된 다윤이 화들짝 눈을 피했다. 은지가 한숨을 내쉬었다.

"오늘 차소란 너무 이상하다. 너 아닌 것 같아."

해인은 소란을 빤히 보며 말했다.

"내가 보기에는 너무 차소란 같은데?"

은지는 시선을 낮추던, 구석에 앉던, 표정이 없던 소란을 떠올렸다. 튀지 않는 외모와 성격, 아주 뛰어나진 않지만 처지지도 않는 성적, 흔한 4인 가족……. 은지는 소란의 모든 평범함이 부럽다고 자주 생각했다. 그런데 해인의 말을 듣고 보니 어떤 장면들이 떠올랐다. 시선을 거둔 대신 귀를 쫑긋 기울이고 집중한 표정, 구석에 앉아 조용히 들어 올리던 손, 아주 가끔의 아주 엉뚱한 고집. 돌아보면 1학년 가을 축제가 그렇게 큰일이 된 것도 소란 때문이었다.

축제에는 모든 동아리가 참여해야 한다. 영화부는 거의 매년 포스터 전시회를 했고, 축제 준비는 영화부실의 삐걱거리는 캐비닛에서 지관통을 꺼내는 것으로 시작된다. 그 안에서 둘둘 말린 포스터들을 꺼내 펼쳐 놓고 색이 많이 바래 도저히 전시할 수 없는 것들을 골라낸다. 하늘은 높고 바람은 청량하고 햇빛은 적당히 따스한 가을날, 별관으로 향하는 오솔길을 따라 단 사흘 진열할 뿐인데 포스터들은 한 해 한 해 눈에 띄게 색이 날아갔다.

3학년들은 먼저 귀가하고 1, 2학년만 남은 회의 시간, 순진한 얼굴로 다르게 해 보자고 말한 것은 소란이었다.

"제 생각에는 음, 그러니까, 영화도 이제 4D로 보는 세상인데 납작한 포스터는, 나쁘진 않지만, 아니 괜찮긴 하지만, 그렇게 눈이 가진 않을 것 같아요."

캐비닛을 열어 지관통을 꺼내고 있던 다윤이 어어어, 비명을 질렀다. 여덟 개나 되는 통을 한 번에 옮겨 보려다 하나가 미끄러져 품을 벗어났고 또 그걸 잡아 보겠다고 팔을 휘젓다 결국 모두 다 놓쳤다. 흙색 지관통들은 새끼 강아지들처럼 사방으로 튀어 달아났다.

소란과 해인이 쪼그려 앉아 통을 주웠고 은지는 다윤의 종아리와 발을 살피며 괜찮은지 물었다. 모두의 관심이 다윤에게로 쏠리며 소란의 제안은 묻히는 듯했다. 소란은 이상하게 모든 상황이 늘 다윤을 중심으로 흘러간다고 생각하고 있었다. 주변 정리가 끝나자 은지가 소란에게 다시 물었다.

"아까 얘기하다가 끊겼지? 그래서 포스터 전시 말고 다른 걸 해 보자는 거야?"

소란은 천천히 고개를 끄덕였다. 다윤은 어디 팔을 부딪혔는지 왼손바닥으로 오른쪽 팔뚝을 계속 문질렀고 해인은 탁자 위에 지관통들을 가지런히 줄 맞춰 세웠다. 소란이 팔짱을 낀 선생님을 향해 말했다.

"아니면 포스터 전시를 하면서 작은 이벤트를 같이 하는 것도 좋을 것 같아요."

2학년 중 한 명이 큰 소리로 좋아요! 했다. 정말 아이디어가 좋아서인지, 빨리 회의를 마치고 싶어서인지는 모르지만 일단 동의한 명. 소란이 꾹 다물었던 입술을 살짝 열며 후, 하고 숨을 내뱉었다. 선생님이 1학년 쪽을 둘러보며 말했다.

"그럼 다음 모임까지 1학년들은 이번 축제 때 뭘 하면 좋을지 아이디어 세 개씩 가져와. 오늘은 회의 이 정도로 정리하자."

"저희들만요?"

해인이 질문하자 선생님이 피식 웃었다.

"언니 오빠 들은 이제 공부해야지. 지금부터는 1학년들이 맡는 거야."

2학년들이 먼저 영화부실에서 나가고 1학년 넷은 제각각의 표정과 감정으로 자리를 지켰다. 소란이 먼저 미안해, 했다. 꼭 뭘 어떻게 바꿀 생각은 없었고 그냥 자유롭게 의견을 내는 자리인 줄 알았다고 말하는 목소리가 갈수록 작고 불분명해졌다.

해인이 은지를 향해 오늘은 그만 가자, 했다. 은지는 머뭇거리다가 소란과 다윤에게 가자, 하고는 해인과 먼저 나갔다. 은지와 해인이 앞서 걷고 대여섯 걸음쯤 뒤처져 다윤과 소란이 걸었다.

해인이 낮게 투덜거렸다.

"우리 학교 작년에 외고 두 명 갔대. 과학고는 한 명도 못 가고."

은지가 해인만큼이나 낮은 목소리로 말했다.

"쌤이 제일 웃겨."

"언늬 옵빠들은 이쩨 공부해야찌이. 그 언니 오빠들 공부도 못 해요. 에휴."

해인이 선생님의 말투를 흉내 내자 은지가 주먹으로 입을 가리며 웃었다. 그 별것도 아닌 농담이 생각할수록 웃겨서 둘은 마주 보고 또 한참을 웃었다.

그리고 그런 해인과 은지의 모습이 이제는 열 걸음쯤 뒤처진 소란의 눈에 까슬까슬하게 들어왔다. 해인이 은지의 귀에 얼굴을 가까이 대고 심각한 표정으로 뭔가를 얘기하고, 다음으로 은지가 해인의 귀에 얼굴을 대고 또 한참을 얘기하고, 그러다가 둘이 마주 보고 갑자기 웃고, 흠칫 어깨를 움츠리며 주위를 둘러본다. 둘 사이에 오가는 이야기가 소란은 자신의 이야기일 것만 같았다. 다윤도 신경 쓰이는 듯했다.

"쟤네는 엄청 화목하네."

이후로 소란은 해인이 자신을 불편해한다고 느꼈다. 해인은 영화부실에 일찍 와서 옆자리에 가방을 올려 맡아 놓았다가 은지를 앉게 했다. 회의 때 간식을 나눠 먹으면서 소란이 가져간 맛밤과 소시지는 먹지 않았다. 복도에서 우연히 마주쳤을 때 반갑게 안녕, 하는 소란에게 아, 네, 안녕하세요, 라고 답하기도 했다. 소란은 설명할 수 없는 감정에 휩싸였다. 화가 났다고 해야 할까 서운하다고 해야 할까. 조금씩 무력해졌다.

선생님도 선배들도 손을 뗀 축제 준비에는 아무 진전이 없었다. 은지가 넷의 시간을 조율해 새로 생긴 빙수 가게로 부르고는 지갑에서 카드를 꺼내 보였다.

"다 시켜. 오늘 학원비 결제하는 날이라 엄마 카드!"

소란이 물었다.

"어차피 긁으면 문자 가지 않아?"

"오늘은 괜찮아. 이상한 데 쓰거나 너무 많이 쓰지만 않으면 뭐라고 안 해. 학원비 결제하는 날은 엄마 카드 긁는 날이야."

"우리 엄마는 긁는 동시에 전화하는데."

"내가 이래서 학원 못 끊잖아. 우리 엄마 작전이야."

그래도 너무 많이 쓰는 건 부담스러워 망고빙수만 큰 걸로 하나 시켰다. 진동벨이 울리자 픽업 데스크와 가장 가까운 해인이 빙수와 셀프로 챙겨야 하는 숟가락, 냅킨을 가져왔다. 그리고 테이블에 쟁반을 내려놓으며 멈칫했다.

"어? 숟가락을 세 개만 가져왔네."

순간 소란은 울컥 서러워졌다. 그 세 개의 숟가락이 소란을 제외한 세 사람의 것은 아니다. 해인이 일부러 그런 것도 아니고 소란을 먹지 못하게 하려는 것도 아니다. 소란도 잘 알고 있다. 알면서도 눈물이 났다. 우는 모습을 보이기 싫어 가방을 들고 가게를 나와 버렸다. 내심 한 명쯤 자신을 따라와 달래 주지 않을까 기대했지만 끝까지 혼자였다.

소란은 영화부를 그만두어야겠다고 생각했다. 작년에도 바꾸어 주었다는데 올해도 해 주겠지. 영화부 쌤한테 말씀드리면 되나. 담임 쌤한테 물어볼까. 1학년들에게 인사는 해야 할까. 하는 김에 솔직하게 할 말 다 하고 나올까. 고민으로 밤새 뒤척였고 다음 날 학교에서 종일 하품을 했다.

종례 후 교실에서 나오는데 신발장 옆에 다윤이 서 있었다. 다윤은 시간 있느냐고 물었고 소란은 영어 학원에 가야 해서 10분

정도밖에 시간이 없다고 대답했다.

"학원 어디?"

"아이비리그."

"아, 그럼 같이 가자. 나도 백아빌딩으로 가."

소란과 다윤은 아이스바를 하나씩 들고 백아빌딩 1층 편의점 앞 파라솔 아래에 앉았다. 소란은 지아가 생각났다. 5학년 겨울, 눈 내리던 날, 지아와 먹었던 아이스크림도. 지아는 아이스크림을 좋아했다. 한겨울에도 아이스바를 먹으며 길을 걷곤 했다. 지금 시드니는 봄이려나. 지아는 거기서도 아이스바를 물고 다닐까. 멍하니 생각에 잠긴 소란을 보며 다윤이 말했다.

"너를 따돌리거나 뭐 그러려던 건 아닐 거야. 해인이 실수였던 것도 맞고 네가 서운할 일인 것도 맞고. 나도 그거 뭔지 알아. 나도 그렇거든."

"너랑은 친해 보여. 너네 셋이 얘기도 많이 하잖아."

"그런가? 그래도 걔네 둘이 너무 끈끈해서 좀 그래. 나만 모르고, 나만 못 웃고, 나만 겉도는 느낌이고. 은지는 그래도 덜한데 해인이는 좀……."

거기까지 말하고 다윤은 움찔 입을 다물었다.

소란은 아이스바에 꽂혀 있던 나무 막대를 잘근잘근 씹으며 다윤이 말한 '끈끈하다'라는 단어를 곱씹었다. 영화 상영 중인,

불 꺼진 영화부실에서 해인과 은지는 늘 맨 뒷줄 구석에 앉았다. 그 앞에 앉은 소란의 귀에 소곤대는 낮은 목소리가 들리기도 하고 큭큭 입을 틀어막고 웃음을 참는 소리가 들리기도 했다.

블러드문이 떴던 밤을 생각했다. 질투를 한다거나 둘 중 한 사람에게 특별한 감정이 있는 것은 아니다. 그런데 마음이 힘들었다. 희미한 초콜릿 향이 배어 나오던 나무 막대에서 텁텁하고 역한 종이 맛이 날 즈음 소란이 말했다.

"사실은 영화부 그만두려고 했어."

"그래서 오늘 얘기하자고 한 거야."

소란은 붙잡아 주는 다윤이 고맙긴 했지만 그게 자신을 좋아해서도 아니고, 자신을 위해서도 아니고, 따당하는 기분을 혼자 느끼고 싶지 않아서인 것 같아 썩 반갑지도 않았다. 그날 나를 왜 따라와 주지 않았느냐고 묻고 싶었다. 어디까지 솔직히 말해도 될까 고민하는데 다윤이 먼저 덧붙였다.

"내가 그만두지 말라고 해도 뭐, 네가 알아서 하는 거지. 근데 너 지금 가지고 있는 마음 꼬인 거 아니라고, 나도 그렇다고 알려 주고 싶었어. 지금 아니면 말할 기회가 없을 것 같아서."

소란은 의자에서 일어서며 이제 가자, 했다. 편의점 입구에 놓인 쓰레기통에 비닐 포장과 나무 막대를 던져 넣어 골인시키고는 건물 입구 쪽으로 발걸음을 옮기며 물었다.

"너는 몇 층 가?"

다윤이 머뭇거렸다.

"뭐야? 비밀이야?"

"아니. 사실 여기 볼일 없어. 나는 이제 집으로 가."

"아, 그래. 그럼 잘 가."

다윤은 싱긋 웃고 손을 짤짤 흔들었다. 괜히 미안한 마음이 들어 머뭇거리는 소란에게 다윤이 말했다.

"들어가."

"응. 너 먼저 가. 가는 거 보고 올라갈게."

"됐어. 학원 시작하겠다. 얼른 가."

소란은 다윤과 먼저 가라는 실랑이를 하고 있으니 왠지 해인과 은지 같다는 생각이 들었다. 쑥스럽지만 기분이 나쁘지 않았다. 해인만큼 불편한 건 아니지만 이상하게 마음이 가지 않던 다윤에게 약간의 호기심이 생겼다. 그때 두 걸음쯤 떨어져 있던 다윤이 한 걸음 다가왔다.

"나도 걔네들, 특히 해인이 별로 좋아하진 않거든. 근데 우리 넷이서는 왠지 잘 지낼 수 있을 것 같아."

사랑 고백이라도 한 사람처럼 다윤은 돌아서 정신없이 뛰어갔다. 소란은 멀어지는 다윤의 뒷모습을 보면서 정말 그럴까? 혼잣말을 했다.

사실 소란은 아이비리그에 다니지 않았다. 지아와 연락이 끊긴 후 소란은 의욕을 잃었고 학원도 모두 그만두었다. 언제쯤 이전과 같은 마음과 일상으로 돌아갈 수 있을지 알 수 없었다. 소란은 계단으로 백아빌딩 3층까지 올라갔다가 다시 내려왔다.

약속한 회의 시간보다 10분이나 늦게 왔는데 영화부실에는 어쩌자고 해인밖에 없었다.

"왔어?"

한 번도 먼저 말을 건 적 없던 해인이 인사를 건넸다. 소란은 짧게 응, 하고는 해인의 옆자리를 비워 놓고 그 옆에 자리를 잡고 앉았다. 해인은 소란을 한번 흘끔 보고는 말했다.

"너 그만둘까 봐 걱정했어."

"왜? 애들이 너 때문이라고 할까 봐?"

"네가 그만둔다면 나 때문인 건 맞잖아."

소란은 웃음과 한숨이 동시에 나왔다.

"이럴 거면서 나한테 왜 그러냐?"

"네가 싫은 게 아니야. 내가 단순해서 그래."

도대체 무슨 뜻인지 전혀 알 수 없는 대답이었지만 소란은 묘하게 꽉 묶여 있던 마음의 매듭이 헐거워지는 것을 느꼈다. 이번에는 한숨 없이 그저 웃었다. 말을 나누지 않는 것도, 떨어져 앉는 것도, 눈을 맞추지 않는 것도, 이러고 있으니 참 별것 아니네, 생각했다. 그때 은지와 다윤이 영화부실 문을 열고 들어와서는 유령이라도 목격한 듯 놀라며 어쩔 줄 몰라 했다.

인기 영화배우 사진으로 등신대를 만들어 별관 앞에 세우기로 했다. 말하자면 포토존이다. 해인이 유치하게 누가 그런 데서 사진을 찍느냐고 질색했지만 해인을 제외한 모두가 당연히 같이 사진을 찍고 싶다며 흥분했다.

"이해인, 생각해 봐. 완전 실물 크기 BTS 등신대가 있어. 너 그 옆에서 사진 안 찍을 거야?"

"찍겠네. 만들자. 이왕이면 팔짱 끼거나 어깨동무할 수 있는 포즈로."

또 영화음악과 단편 애니메이션 감상 부스를 만들고 포스터 전시는 하지 않기로 했다. 답이 나오지 않을 것 같던 회의가 어찌어찌 끝났다.

정말 무사히 끝났구나. 무사히 회의가, 하루가, 그 일이 지나갔다. 소란은 무사하다는 말에 대해 생각했다. 무사. 없을 무, 일 사. 일 없음. 아무 일이 없음. 깜짝 놀랄 만한 일이 일어나 주기를 바라던 때가 있었다. 아침에 눈을 뜨며 새롭고 신나는 일이 일어나길 기대했고, 기대가 무너지는 날이 더 많았지만 실망하지는 않았다. 다시 다음 날을 기대하면 되니까. 그러다 어느 순간

부터 아무 일 없기를 바라게 되었다. 불안한 마음으로 시간을 보냈고, 그렇게 별일 없는 하루가 끝나도 다음 날 무슨 일이 생길 것 같다는 불안감은 사라지지 않았다. 두 감정 사이를 넘어오던 순간을 기억한다. 소란은 그때 자신이 더 이상 어린애가 아니라고 생각했다.

해인과 어떻게 그렇게 단둘이 있게 되었는지 소란은 아무리 생각해도 이상했다. 다윤에게 혹시 일부러 자리를 마련해 주었던 것 아니냐고 묻자 다윤이 깔깔 웃었다.

"역시 영화를 너무 많이 봤어."

등신대 제작 의뢰부터 오디오 등 장비 대여, 영화음악과 애니메이션 상영 허가를 받는 일까지 네 사람이 분담해 해결했다. 행사 포스터 제작, 바닥 화살표 부착, 좌석 정리, 방명록 인쇄, 하다못해 영화부실 청소도 축제 준비에 포함되었다. 한 번씩 와서 닦달만 할 뿐 아무 일도 하지 않는 2학년들을 보며 넷은 내년에도 영화부 신청하자고, 그리고 우리는 저러지 말자고 다짐했다.

소란이 화살표 종이를 바닥에 붙였다. 콧노래를 흥얼거리며 투명 테이프를 화살표 위에 얹은 후 손바닥으로 탁탁탁 두드렸다. 영화부실 청소를 하다가 뒤늦게 나온 은지가 화살표 앞에 서서 머뭇머뭇 말했다.

"어, 어, 괜찮다. 괜찮은데, 혹시 비 오면 젖을지도 모르니까 테이프 더 붙이자. 내가 할게."

은지는 소란이 붙여 놓은 투명 테이프 양쪽으로 테이프를 몇 겹 더 붙였다. 멀리서 은지와 소란을 보고 있던 다윤이 소리쳤다.

"야! 너무 띄엄띄엄 붙였잖아. 아무도 못 찾아오겠다. 중간에 하나씩 더 붙여!"

소란은 화살표 붙이기에만 열중하며 돌아보지도 않고 대답했다.

"찾아올 사람은 다 찾아오게 돼 있어."

결국 다윤이 화살표 사이사이에 화살표를 하나씩 더 붙였다. 해인에게 같이 하자고 했지만 해인은 절레절레하며 영화부실로 들어가 버렸다.

"어차피 애들 그런 거 보지도 않을 텐데 뭘. 쌤이 하라고 해서 하는 거 아니었어? 진짜 애들이 화살표 보고 찾아올 거라고 생각하는 거야?"

많이 싸웠다. 힘들고 피곤하고 어려운 일들 앞에서 모두 예민했다. 쉽게 실망하고 화내고 포기했다. 자신의 바닥을 보여 주었고 상대의 바닥도 보았다. 그래서 오히려 신뢰가 생긴 관계도 있고 어긋나는 관계도 있었다. 어쨌든 축제를 준비하는 동안 소란과 다윤과 은지와 해인은 '맨날 붙어 다니는 네 명'이 되었다.

수요일에는 전시 프로그램뿐이었다. 소강당과 별관 로비에는 목공예, 생활 도자기, 캘리그래피, 마크라메 같은 동아리 작품들을, 등굣길을 따라 세운 임시 게시판에는 학생들이 미술 시간에 그린 그림을 전시했다.

목요일부터 별관 미술실과 회의실, 조리실에서 체험 프로그램이 운영되었다. 에코백과 드림캐처 만들기는 유료지만 인기가 많았고 아빠들이 만들어 파는 떡볶이와 꼬마김밥 부스도 학생들로 붐볐다. 가장 인기가 많은 부스는 수학 동아리의 타로카드 부스였다. 수학과 타로카드가 대체 무슨 상관이 있는지, 속성으로 배웠다는 해석이 정말 믿을 만한지 알 수는 없지만 복도까지 줄이 늘어섰다. 별관에 사람이 몰린 덕분에 반지하에 있는 영화부실도 북적거렸다.

매시 정각의 애니메이션 상영회는 전 회차 매진이었다. 음악 감상 부스도 비어 있을 때가 거의 없었다. 준비 때나 바쁘지 정작 축제가 시작되면 별로 할 일이 없을 거라던 예상과는 달리 1학년들은 내내 영화부실을 지켜야 했다. 관객이 많다 보니 티켓을 발급하고 좌석을 안내하고 뒷정리하는 일도 간단하지 않았다.

분명 재학생의 아버지일 중년 남자 한 명이 돈을 빌리러 오기도 했다. 지갑을 두고 와서 그렇다며 천 원만 빌려 달라고 했다.

"내가 2학년 1반 원재 아빠야, 학생. 우리 막둥이가 벌써 김밥을 집어 먹어서 그래. 내일도 올 거거든. 꼭 돌려줄게."

"그럼 김밥 파시는 아빠들한테 내일 갖다준다고 해 보세요."

"아이고, 어떻게 아빠들한테 그런 말을 해? 그러지 말고 천 원만 빌려줘 봐. 안 떼어먹어."

다윤이 난감해하고 있는데, 멀찌감치서 접이식 의자를 펼치고 있던 해인이 다가왔다. 주머니에 넣어 둔 지폐를 꺼내 펼치자 아저씨가 대뜸 손을 뻗었다. 해인이 한 걸음 물러서며 물었다.

"2학년 1반 누구 아버지시라고요?"

"으응. 원재, 원재. 원재 아빠야."

"무슨 원재요?"

"응? 김. 김원재."

해인은 천 원을 아저씨의 손에 쥐여 주며 꼭 갚으시라고 말했다. 아저씨는 알겠다며 빠르게 영화부실을 빠져나갔다. 다윤이 고개를 저으며 돌아서는데 해인이 혼잣말처럼 중얼거렸다.

"저러니 마트나 식당 같은 데 이상한 사람이 얼마나 많을까."

소란이 덧붙였다.

"맞아. 우리 엄마가 마트 오프라인 쪽 엠디거든? 얘기 들어 보면 진짜 별별 인간들이 다 있대. 계산대나 고객센터 여사님들 엄청 고생하신다고 불쌍하대."

다윤이 갑자기 피식 웃었다.

"그 아줌마들을 여사님이라고 불러? 웃긴다. 여사님이 뭐야, 여사님이."

해인은 말없이 스크린 앞으로 돌아가 의자만 계속 펼쳤다. 최소한의 양심으로 간식을 사 들고 온 2학년들은 2학년 1반에 김원재라는 학생이 없다고 했다. 뭐야, 떼어먹을 건가 봐, 웃기는 아저씨야, 같은 말을 주고받으며 다들 웃었다. 해인만 웃지 않았다. 은지가 해인에게 물었다.

"이해이이인, 우리 나가서 그 아저씨 찾아볼까?"

해인은 대답하지 않았다. 사실 듣지 못했다. 불쌍한 여사님들에 대해 생각하고 있었다. 여사님이라는 호칭이 웃긴다는 다윤보다 여사님들이 불쌍하다는 소란의 말이 더 싫었다.

축제 마지막 일정이던 동아리 공연까지 모두 끝나고 다윤은 굳이 혼자서 등신대를 옮겼다. 180센티가 넘는 데다가 어깨동무하듯 한 팔을 뻗은 등신대를 꼭 끌어안고 계단을 내려가는 내내 비틀거렸다. 등신대가 영화부실로 무사히 들어오자 은지가 박수를 쳤다.

"위태로운 연인 같았어."

다윤은 등신대의 엉덩이 부분을 툭툭 두드렸다.

"3일 동안 고생했다, 나의 납작한 애인."

줄 맞춰 정리해 놓았던 의자들은 아무렇게나 나뒹굴고 꼼꼼하게 붙였던 바닥 화살표들은 투명 테이프와 엉켜 커다란 끈끈이가 된 상태로 테이블에 쌓였다. 겨우 정리를 마치고 나오는데 해인의 배에서 꼬로록 소리가 났다.

은지네 집에서 파자마 파티를 했다. 축제 마지막 날이었고, 금요일이었고, 은지 엄마가 모두의 집에 전화를 걸어 허락을 받아주었다. 할머니가 해 준 해물떡볶이와 주먹밥을 나눠 먹고 오랜만에 부루마불을 하고 있을 때 은지 엄마가 또 치킨을 시켰다. 아이들은 배불러요, 더 못 먹겠어요, 해 놓고 기름진 손가락을 쪽쪽 빨면서 깨끗하게 먹어 치웠다. 해인만 거의 손을 대지 않았다. 은지가 안 먹어? 했다. 해인은 치킨을 안 좋아한다고 사실대로 말하려다가 떡볶이를 많이 먹어 배가 부르다고 대답했다. 그게 은지 엄마에게도, 친구들에게도 예의라는 생각이 들었다.

밤 12시가 넘어서야 번갈아 씻고 거실 가득 깔아 놓은 요 위에 나란히 누웠다. 은지가 가장 끝에 누웠고 소란, 다윤, 해인 순서로 자리를 잡았다. 먼 자리부터 채웠을 뿐이고 아무도 주어진 자리에 신경 쓰는 것 같지 않았다. 소란은 가운데 누워서 좋았고, 좋아하는 은지와 다윤이 양쪽에 있어서 좋았고, 은지와 해인이 멀리 떨어져서, 그것도 자연스럽게 떨어지게 되어서 가장 좋았다.

"드디어 끝났다!"

해인이 후련한 듯 뒹굴뒹굴 구르며 외쳤다. 은지 할머니가 방에서 나오며 아이고 아가씨들이 신났네, 하고는 조용히 하라거나 얼른 자라는 말도 없이 화장실에 들렀다가 방으로 들어갔다.

힘들다고, 내년에는 포스터 전시나 하자고 그렇게 후회해 놓고 내내 축제 얘기를 했다. 생각보다 포토존 인기가 좋았다고, 줄 서서 사진 찍는 애들도 있었다고, 단편 애니메이션 매진될 줄은 몰랐다고, 아까 혼자 OST 듣고 간 3학년 오빠 괜찮지 않았느냐고, 누구누구? 그 남색 카디건? 몰라, 괜찮은 오빠 한 명도 못 봤어, 괜찮은 언니들은 있었지, 그 키 큰 두 명? 맞아! 너무 멋있지? 같은 대화가 오가다가 잠이 드는지 한 명씩 조용해졌다. 그때 해인이 말했다.

"내가 왼쪽에 올려놨어."

"뭘?"

소란이 물었다. 해인은 답이 없고 다윤이 대신 말했다.

"얘 자. 잠꼬대야."

잠깐 웃었고 다시 조용해졌다. 소란은 영화부실에서 김밥으로 끼니를 때우고, 구석에서 학원 숙제를 하고, 은지의 립스틱을 바르던 친구들의 모습을 떠올렸다. 생각이 너무 많은 탓인지 잠자리가 바뀐 탓인지 계속 뒤척였다.

설핏 잠이 들었는데 포근한 섬유 유연제 냄새가 느껴졌다. 어릴 적, 외출했다가 돌아오는 차에서 잠이 들었는데 아빠가 소란이 깨지 않도록 조심조심 안아서 방에 눕히고 어깨까지 이불을 덮어 주었던 적이 있다. 다 알고 듣고 느끼는데 끈끈한 잠이 소란을 붙들어 도저히 깨어나지 못하던 순간, 그때의 기분이었다. 그런데 우리 집 섬유 유연제가 바뀌었나, 잠결에 생각하다가 아, 잠깐만 여기 어디지? 지금 몇 시지? 당황하며 눈을 번쩍 떴다.

처음 보는 둥그런 조명, 이불의 낯선 감촉. 오른쪽에는 다윤이 잠들어 있고 왼쪽 자리는 비었다. 소란은 스위치가 올라가듯 잠이 깼다. 오늘은 축제를 마친 밤이고 은지네 모여서 놀다가 잠이 들었다는 사실을 깨달았다. 그런데 은지가 없다. 소란은 상체를 일으켰다. 은은한 새벽빛이 커튼을 통해 새어 들어오고 있었고 다윤의 넓은 이마가 도드라져 보였다. 목을 빼고 해인이 자리에 있는지 확인했다.

"깼어?"

소란은 움찔 몸을 떨며 소리가 나는 쪽을 돌아보았다. 은지가 거실 구석의 안마의자에 쏙 들어가 앉아 소란을 보고 있었다. 두리번거리는 모습을 들키긴 했지만 속마음까지 읽혔을 리는 없다고 생각하며 소란은 태연히 되물었다.

"거기서 뭐 해?"

"너무 피곤해서 그런가 잠자리가 바뀌어서 그런가. 계속 깨네."

"나도. 그래도 자야지. 와서 누워."

은지는 뿌드득뿌드득 소리를 내며 안마의자에서 내려왔다. 원래 자리, 그러니까 소란의 옆자리에 구겨져 있는 이불 안으로 쏙 들어와서는 소란 쪽으로 몸을 돌려 누웠다. 그리고 바람 소리가 반쯤 섞인 목소리로 소곤소곤 말했다.

"있잖아, 안마의자는 우리 할머니가 아침저녁으로 열심히 하는데 우리 집에서 제일 오래 앉아 있는 사람은 나야. 안마를 켜지는 않아. 그냥 앉아만 있어. 저기 들어가 앉으면 안겨 있는 것 같기도 하고 할머니 냄새도 나고 좋아."

"아, 그렇구나."

의례적으로 대꾸했지만 소란은 울컥 눈물이 날 것 같았다. 은지가 팔을 뻗으면 닿을 만큼 얼굴을 가까이 대고, 두 눈을 맞추고, 자신에게만, 작은 목소리로, 별것도 아닌 이야기를 해 주었다. 좋다는 말로 다 표현할 수 없었다. 소란은 친구들이 성실하게 빚어 놓은 감정의 덩어리 안으로 단단한 껍질을 뚫고 쑤욱 들어간 기분이었다.

축제 이후로 넷은 종종 은지네 교실에 모였다. 사실 쉬는 시간에는 다른 교실에 갈 수 없다. 벌점 1점이다. 그렇다고 자기 교실에만 있는 애들은 없다. 벌점 조항은 너무 꼼꼼한데 학생들은 그 벌점을 별로 무서워하지 않고 선생님들은 벌점 말고는 도리가 없다. 그래서 벌점은 꼼꼼하고 학생들은 무시하고 선생님은 도리가 없고…… 무한루프다.

은지에게는 놀 거리가 많았다. 도시락 가방만 한 파우치를 들고 다녔는데 그 안에는 각종 화장품과 화장 도구들, 일회용 속눈썹, 네일 케어 제품들, 타투 스티커와 귀걸이, 귀찌 같은 작은 액세서리가 가득 담겨 있었다. 아이들은 손톱에 스티커도 붙이고 귀찌도 달며 놀았다.

그러다 학년말시험이라는 위기가 닥쳤다. 1년 동안 배운 전부가 시험 범위였다. 넷은 단톡방 창을 내내 열어 놓고 서로의 진도를 확인하고 모르는 내용을 물어보면서 각자의 방에서 같이 있는 기분으로 공부했다. 너무 졸릴 때는 깨워 달라고 부탁하고 잠깐 눈을 붙이기도 했고, 자꾸 딴짓을 하게 될 때는 페이스톡으로 서로를 감시하기도 했다. 덕분에 다윤이 의외로 산만하다는 것, 해인이 자꾸 여드름을 잡아 뜯는다는 것, 은지가 중얼중얼 말하면서 외운다는 것과 소란의 엄마가 너무 자주 방에 들어온다는 것을 알게 되었다. 앞으로도 계속 이렇게 공부하자고 약속했다.

2학년 때 다윤과 소란이 같은 반이 되면서 이번에는 소란의 자리가 아지트가 되었다. 소란은 친구들이 자신에게 모여드는 게 좋았다. 하지만 모여서 각자의 휴대폰을 봤다. 이어폰을 끼고 음악을 듣거나 영상을 보거나 인스타와 페북에서 글을 퍼 나르고 좋아요를 누르고 댓글을 달았다.

소란은 왠지 친구들이 별로 즐거워 보이지 않았다. 의무감에 모이는 건가, 내 자리가 재미없나, 궁금했는데 묻지 못했다. 소란은 어색해지지 않고 마음 상하지 않고 질문하는 법을 모른다. 알았으면 지아와 그렇게 연락을 끊어 버리지 않았겠지.

3학년 때도 다윤과 소란은 같은 반이 되었는데 넷은 더 이상 쉬는 시간마다 모이지 않았다.

노래방 사건 이후 소란은 부쩍 혼자 있는 시간이 많았다. 그리고 내내 이어폰을 끼었다. 지난 생일에 엄마를 조르고 졸라 받은 콩나물 이어폰으로 귀를 꽉 막고 누구의 목소리에도 답하지 않았다. 맨 얼굴로 등교한 아이들이 급히 화장을 하느라 바쁜 아침 시간, 소란 옆자리의 친구가 어깨를 툭툭 치며 물었다.

"뭐 들어?"

소란은 이어폰을 빼며 노래, 하고 짧게 답했다.

"정말? 되게 조그맣게 들나 보다. 밖으로 소리가 하나도 안 새어 나오네."

소란은 얼굴이 확 달아올랐다. 아무렇지도 않은 듯 웃으며 다시 이어폰을 끼었는데 심장이 너무 빠르게 두근거렸다. 사실 소란의 이어폰에서는 아무 소리도 나오지 않았다. 친구가 무슨 노래를 듣느냐고 묻거나 같이 듣자고 할까 봐 소란은 얼른 자리에 엎드렸다. 친구는 또 소란의 어깨를 두드렸다. 소란은 엎드린 채로 친구 쪽으로 고개를 돌리고 이어폰을 뺐다. 걱정이 담긴 눈으로 친구가 물었다.

"괜찮아?"

"응?"

"너, 진짜 괜찮아?"

내가 괜찮지 않을 게 뭐냐고, 왜 그런 질문을 하느냐고 묻고 싶었지만 소란은 꾹 참았다.

노래방에 같은 학교 아이들이 있었다. 하필 소란, 다윤과 같은 반 아이들이었다. 한 명이 화장실에 다녀오는데 싸우는 소리가 마이크를 타고 쩌렁쩌렁 울리기에 창에 붙어 안을 훔쳐봤다고 한다. 다음 날 교실에는 늘 붙어 다니던 걔네들이 크게 싸웠다는 말이 돌았다. 두 명이 노래방이 떠나가게 소리를 지르며 싸웠는데 나머지 한 명은 누군지 모르겠지만 한 명은 확실히 소란이었단다. 싸웠다, 울었다, 머리채를 잡고 뒹굴었다, 편이 나뉘어 2대 2로 붙었다, 그게 아니라 한 명을 나머지 셋이 공격했다, 괴롭혔다, 따돌렸다…… 갈수록 이야기가 커졌다.

다윤과 은지와 해인은 여전히 가까운데 소란만 겉돌고 있다는 말들, 셋은 특목고를 준비하는데 소란만 아니라는 말들, 소란이 처음부터 잘 어울리지 못했다는 말들이 여러 대화방이나 친구들의 비공개 SNS에서 오간다는 것을 소란은 알게 되었다. 친구가 걱정스러운 표정으로 보여 준 어느 대화방의 마지막 말은 '그래도 차소란 착해'였다.

소란은 친구에게 폰을 돌려주며 말했다.

"앞으로 누가 이런 말 하면 차소란 존나 나쁜 년이라고 좀 해 줘."

친구는 잠깐 멍하니 있다가 대답했다.

"미친년."

"응. 미친년도 좋아."

친구가 피식 웃었다.

"괜찮은가 보네. 됐다."

소란도 같이 웃고 넘겼지만 괜찮지 않았다. 넷이 2년 넘게 똘똘 뭉쳐 다녔다. 애정과 권력이 이리저리 움직이고 엇갈리고 나뉘었다. 크고 작은 균열이 생겼다가 메워지고 가슴에 커다란 구멍이 생겨 각기 속앓이도 했다. 물론 보기에는 평온했다. 물 밑에서 두 발을 쉴 틈 없이 허우적거려도 호수 위 백조는 우아하게 보이는 것처럼.

우리가 가장 친했을 때

2학년 겨울방학이 끝나 갈 무렵, 은지가 봄방학 때 제주도에 가자고 했다. 3학년이 되면 편히 놀지 못할 테니 마지막으로 함께 여행을 하자는 것이다. 환호한 사람은 소란뿐이었다. 친구들끼리라면 모를까 은지 엄마도 같이 간다는데, 게다가 은지네 별장이라는데, 부모님이 허락을 안 하실 이유가 없다고 생각했다. 그런데 순식간에 들떠 버린 소란이 무안할 정도로 해인과 다윤은 자신 없는 얼굴이었다.

"한번 물어는 볼게. 근데 돈 없어서 안 된다고 하실 거 같아."

"다정이 아픈데 어떻게 나 혼자 놀러 다녀."

제안한 은지보다 좋아한 소란이 더 무안했다.

"저가 항공 잘 잡으면 왕복 10만 원도 안 되던데. 입장료 없는 관광지도 많고, 밥은 재료 싸 가서 해 먹으면 돼."

은지의 절박한 부연 설명에 해인이 웃었다.

"나도 가고 싶어, 진짜야."

"조명 완전 멋있는 공원이 있거든? 깜깜해지면 외벽에 영상을 쏘는데 그게 대박이야."

은지는 폰을 테이블 가운데에 놓더니 갤러리에서 동영상을 찾아 플레이했다. 옹기종기 머리를 모으고 영상을 보며 우와, 우와, 감탄을 내뱉다가 해인이 갑자기 몸을 뒤로 쭉 뺐다.

"아, 나 그만 볼래. 돈 없어. 우리 집 진짜 돈 없어."

다윤도 물러났다.

"나도 못 가. 내 동생 아프잖아. 혼자 놀러 가겠다고 어떻게 말하냐."

각기 다르게 착잡한 현실을 깨닫는 시간이었다. 해인은 해인대로, 다윤은 다윤대로 서러워졌다. 은지가 다시 물었다.

"그러니까 다들 가고 싶기는 한 거네? 그냥 우겨 보자. 한 번만 철없고 이기적이고 나쁜 딸 하자. 하여튼 딸들은 너무 착해서 탈이야."

"너는 걸리는 게 없으니까 그런 소리 하지."

"맞아. 나쁜 년."

"나는 나쁜 년 할 테니까 너네는 한 번만 나쁜 딸 하라니까. 왜 미리부터 착한 척을 하고 그래? 내가 보기에는 다 허락받을 수 있을 것 같은데."

은지의 예상과 달리 세 친구 모두 부모님의 허락을 받지 못했다. 이유도 예상과 달랐다. 해인 엄마는 은지 엄마에게 미안해서였다. 아이 하나 챙기는 것도 힘든데 넷이나 데리고 여행하는 것은 너무 무리라고 했다. 일일이 손이 필요한 어린애들도 아니고 은지 엄마는 보호자로 동행만 할 뿐이라고 해인이 말했지만 소용없었다.

　"그럼 은지 엄마 없이 우리끼리 가면 괜찮아?"

　"해인아, 엄마 피곤해."

　다윤 엄마는 아빠의 허락을 받으면 보내 주겠다고 했다. 아빠에게 전화했더니 외박은 안 된다고 잘라 말했다. 인솔 교사가 있는 공식 행사 이외에는 스무 살이 되기 전까지 절대 외박 불가라고 더 이상 말도 꺼내지 못하게 했다.

　"알았어요. 대신 스무 살 넘으면 내 마음대로 나가도 되는 거죠?"

　"그래. 그리고 마음대로 들어오진 못할 거다."

　소란의 부모님은 제주도가 너무 멀고 3박 4일이 너무 길다고 했다. 차라리 친구들과 집에서 파자마 파티를 하라고 되레 소란을 설득했다.

　"오빠도 있는 집에서 내 친구들이 어떻게 자고 가?"

"동주가 무슨 치한이니? 제주도고 파자마 파티고 안 돼! 다 안 돼!"

셋 다 허락을 받지 못하자 이번에는 은지 엄마까지 반대하고 나섰다. 괜히 친구들 마음만 들뜨게 하고 부모님까지 곤란하게 만들었다며 조용히 둘이 다녀오자고 말했다.

"됐어, 둘이 무슨 재미야."

"그래, 관두자. 엄마도 가기 싫었어."

철저히 실패한 넷이 모여 속상하다, 실망했다, 우리 엄마가 그렇게 말할 줄은 몰랐다, 푸념하다 보니 점점 간절한 마음이 되었다. 부모님의 판단을 되돌리고 싶었다.

넷은 머리를 맞대고 일정표를 짰다. 학교 앞 공항버스 정류장에서 만나 김포공항으로 이동하는 것부터 3박 4일간 제주도를 둘러보고 제주공항을 떠나 다시 학교 앞에 도착하기까지, 시간별로 구체적인 동선을 잡고 교통비, 입장료, 할인 방법도 찾아놓았다. 모든 식사와 간식도 계획표에 들어갔다. 식당 위치, 메뉴, 가격과 직접 조리할 경우 조리법, 재료비까지 가늠해 계산했다. 비상 연락망과 긴급 연락처도 만들어 소란과 은지가 ppt로 정리했다. 수행평가 발표하는 기분으로 가족들 앞에서 브리핑을 했다.

은지 엄마와 할머니는 웃었다. 그렇게 가고 싶으냐고, 누구 아이디어냐고, 다른 집에서는 뭐라고 했냐고 물었다. 은지는 너무 너무 가고 싶고, 함께 낸 아이디어고, 친구들도 지금 브리핑 중이라 결과는 잘 모르겠다고 대답했다. 은지 엄마는 친구들이 모두 허락받으면 같이 가자고 대답했다.

해인은 절대 은지 엄마를 힘들게 하지 않겠다고 약속하고 엄마에게 허락을 받았다.

소란의 부모님은 오빠도 아직 수학여행 말고는 가족과 떨어져 여행 가 본 적이 없다며 계속 망설였다. 소란은 최후의 제안을 했다.

"공부 열심히 할게. 영어 학원도 다시 다니고 인강도 안 밀리고 잘 들을게."

"왜 네 공부를 조건으로 말하지?"

엄마는 한숨을 내쉬며 방으로 들어가 버렸다. 소란은 따라가 얘기를 마무리할까 하다가 말았다. 어려서부터 소란이 원하는 걸 사 주거나 해 줄 때마다 엄마는 꼭 공부와 관련된 조건을 달았다. 그런데 왜 내가 먼저 말하면 싫어하는 걸까? 모르겠다는 마음으로 방에 들어와 버렸는데 잠시 후 아빠가 방문을 두드렸다.

"제주도 보내 주면 진짜 공부 열심히 할 거야? 영어 다시 다니고?"

소란은 고개를 끄덕였다.

"알았어. 근데 엄마 기분이 안 좋아. 일단 엄마랑 먼저 풀어."

소란은 이번에도 고개를 끄덕였다. 해야 할 대답을 다 했다고 생각했는데 아빠는 방에서 나가지 않고 소란을 빤히 보고 있었다.

"고마워."

"아빠도 고맙다."

그제야 아빠는 장난스럽게 손을 흔들며 방을 나갔다. 소란도 따라 나가 안방 문을 열었는데 침대에 기대어 앉아 폰을 보고 있던 엄마가 이불 속으로 머리까지 쏙 들어가 버렸다. 곧 이불이 들썩였다. 우나? 그렇게 속상했나? 조심조심 이불을 걷어 내는데 끅끅 웃음 참는 소리가 들렸다.

"엄마 웃어? 우는 거 아니었어?"

"내가 왜 울어? 울 일이 뭐가 있다고?"

엄마는 되레 울 것 같은 소란의 등을 토닥였다.

"이유야 어쨌든 진짜 공부 좀 열심히 해 봐. 제주도 잘 다녀오고."

소란은 방으로 돌아와 폰을 켰다. 단톡방에 이미 해인과 은지의 메시지가 올라와 있었다. 해인이 먼저 '성공', 이어 은지도 '나도 성공', 그 아래에 곰이 엉덩이를 씰룩이며 춤을 추고 있었다. 소란도 답을 쓸까 하다가 잠깐 기다렸다. 왠지 다윤의 얘기를 먼저 듣고 싶었다. 다윤은 늘 카톡 확인이 늦다.

한참을 기다려도 다윤은 말이 없고 소란은 치과 대기실에 앉아 있는 기분이 들었다. 날카로운 의료 장비의 소음, 소독약 냄새, 어색한 정적, 긴장감. 은지가 물었다. '소란인?' 어쩔 수 없어 소란이 대답했다. '가능'. 왜 시간 끌고 그러냐, 놀랐다, 긴장했다, 하는 원망의 톡들이 빠르게 올라왔다.

한 시간도 넘게 지나서야 말풍선 옆의 숫자 1이 지워졌다. 그리고 또 한 시간쯤 지나 다윤의 톡이 올라왔다. '그냥 셋이 가라'. 소란은 한숨이 나왔다. 부모님께 허락을 받지 못한 건 아니란다. 동생이 마음에 걸리긴 하는데 꼭 그것 때문도 아니란다. 해인이 그래서 갈 수 있다는 건지 못 간다는 건지 다시 물었고 다윤은 잘 모르겠다고 대답했다. 비슷한 대화가 반복됐다. 얘는 대체 어쩌자는 거야. 소란은 혼잣말을 하며 창을 닫아 버렸다.

매일매일 기온이 훅훅 뛰어올랐다. 일주일 사이에 사람들의 옷차림은 무릎을 덮던 롱 패딩에서 트렌치코트로 가벼워졌다. 소란은 제주도에서 입으려고 샀던 울코트를 포기하지 못해 안에 반팔티를 입고 새 코트를 입었다.

공항버스 정류장에 가장 먼저 나온 사람은 소란이었다. 곧 은지와 은지 엄마가 왔고 해인이 왔고 다윤이 마지막으로 도착했다. 다윤 엄마도 함께였다.

다윤을 이 자리에 나오게 만든 사람은 말하자면 소란이다. 소란은 계속 망설이는 다윤에게 한 명이라도 안 가면 은지 엄마가 허락 안 하신다고, 결국 우리 다 못 가는 거라고, 부모님도 허락하셨다면서 이러고 있는 이유가 대체 뭐냐고 몰아붙였다. 주어를 '너'가 아니라 '우리'로 바꾸어 열 번쯤 물었다. 그래서 우리 갈 수 있어 없어? 우리 여행 갈 수 있어? 우리 제주도 가는 거야? 결국 다윤은 울면서 고개를 끄덕였다.

소란은 죄송한 마음이 들어 다윤 엄마에게 꾸벅 인사를 했다. 다윤 엄마의 까만 슬리퍼 안으로 하얀 털양말이 도드라졌다. 다윤 엄마는 다정하게 소란의 머리를 쓰다듬고는 은지 엄마에게 다가가 몇 번이나 감사 인사를 했다.

"다윤이가 말은 안 해도 엄청 설렜던 모양이에요. 오늘 새벽같이 깨서는 여행가방 보고, 또 보고……. 다윤이 이제껏 동생 때문에 여행 한번 제대로 한 적 없어요. 비행기도 처음이고요. 잘 부탁드려요."

"걱정 마세요. 다윤이 똑똑하잖아요."

소란은 공항으로 가는 버스에서 다윤 엄마의 얘기를 곱씹었다. 다윤이가 엄청 설렜던 모양이에요. 여행가방 보고, 또 보고……. 그것 봐, 자기도 좋으면서. 소란은 친구들을 애태웠던 다

윤이 원망스러웠다. 다윤은 동생에게 미안하다며 엉엉 울기까지
했었다. 쉴 새 없이 들썩이던 좁은 어깨와 이마 선을 따라 송골
송골 맺혀 있던 땀방울, 이마 한가운데 툭 튀어나온 핏줄. 지금은
다윤의 마음이 미안함과 설렘 사이, 어디쯤 있을까. 등에서 너무
열이 올라와 소란은 결국 코트를 벗어 들었다.

이호테우해변으로 갔다. 제주도에 가면 바다를, 겨울 바다를
제일 먼저 봐야 한다. 일정표 1번은 일찌감치 공항과 가까운 이
호테우해변으로 정해 놓았다. 은지 엄마가 바다가 보이는 카페
에서 커피를 마시는 동안 아이들은 해변을 걷고, 뛰고, 파도에
밀려온 미역을 던지며 놀았다. 날이 맑아 멀리 한라산이 선명하
게 보였다. 파랗다 못해 짙은 쪽빛의 바다 위로 햇빛이 쉴 새 없
이 반짝거렸다.

저녁을 먹으러 이동하다 차창 밖의 '감귤 체험장' 팻말을 본 사
람은 소란이었다. 지나가듯 재밌겠다고 혼잣말을 했다. 조수석의
은지가 고개를 쭉 빼고는 뭘 말하는 거냐고 되물었다.

"방금 감귤 체험장 지나갔어. 왜 우리 그 생각을 못 했지? 제
주도면 귤인데."

"맞다. 감귤 따기 재밌는데."

"해 봤어? 나는 한 번도 못 해 봤어. 고구마, 감자, 땅콩은 캐

봤는데. 그러고 보니까 흙에서 파내는 것만 해 봤네."

은지 엄마가 비슷한 아쉬움을 토로하는 아이들을 룸미러로 흘끔 보았다.

"하면 되지. 꼭 계획표대로 움직여야 되는 건 아니지? 지금 차 돌린다?"

아이들의 환호와 함께 렌터카가 크게 유턴했다.

농장 사장님은 바구니 네 개에 목장갑과 전지가위를 하나씩 담아 건넸다. 꼭지 끝은 최대한 바짝 잘라야 바구니에서 다른 귤들을 상처 내지 않을 거라고, 작은 귤도 다 익은 거니까 크기에 관계없이 따면 된다고 설명하며 껍질의 하얀 가루는 농약 아니고 영양제니까 걱정 말라는 말도 덧붙였다.

"가져가는 건 이 바구니에 담기는 만큼이지만 먹는 건 얼마든지 괜찮아요. 껍질은 그냥 바닥에 버리면 되고."

"시간제한은요?"

"뭘 시간제한씩이나. 양껏 먹어요. 귤 그거 얼마 먹히지도 않아요."

"저희 요즘 진짜 잘 먹어요. 혹시 성장기 조카들 없으세요? 못해도 인당 한 박스는 먹을 텐데."

"음, 그럼, 양껏 말고 양심껏 먹기로 해요. 귤 하루 권장 섭취량이 두 개라는 것 잊지 말고."

사장님은 넷을 번갈아 보며 눈을 찡긋찡긋했다.

귤밭으로 들어서자마자 은지는 먹느라 바빴다. 해인은 잡히는 대로 귤을 따서 바구니에 담으며 동시에 당장 까먹는 것도 게을리하지 않았다. 다윤은 커다란 귤은 바구니에 넣고 작고 못생긴 귤들만 까먹었고, 소란은 동그랗고 맨들맨들 예쁜 귤만 골라 정성껏 꼭지를 잘라 바구니를 채웠다. 다윤이 입 안 가득 귤을 물고 히죽히죽 웃기 시작했다. 은지가 의아한 표정으로 쳐다보자 꿀꺽 삼키고는 대답했다.

"계획에도 없던 이 감귤 체험장에 와서 귤로 배를 채우고 있다는 게 생각할수록 웃겨. 게다가 너무 맛있잖아. 내가 태어나 먹어본 귤 중에 제일 맛있어."

그러고는 소란을 향해 말했다.

"그러니까 차소란, 너도 일단 먹어."

소란은 그제야 들고 있던 귤의 껍질을 까서 한 번에 입 안에 넣었다. 소란의 눈이 점점 커졌다. 다윤이 피식 웃으며 소란에게 맛있지? 했다. 소란은 크게 끄덕이다가 되물었다.

"우리가 마트에서 사 먹는 귤하고 품종이 다른가?"

"똑같겠지."

"근데 왜 이렇게 맛있지?"

해인이 답했다.

"밖에서 먹으니까."

이번에는 다윤이 진지한 얼굴로 대답했다.

"기대하지 않아서. 예상하지 않아서. 계획하지 않아서."

은지가 고개를 저었다.

"전에 엄마가 그랬는데 우리가 마트에서 사는 귤은 초록색일 때 따서 중간 유통 단계를 거치는 동안 혼자 익은 거지만 이건 나무하고 햇볕에서 끝까지 영양분을 받아먹으면서 익은 거라 그렇대."

해인이 웃으며 은지의 어깨를 툭 밀었다.

"다윤이 오랜만에 감동적인 말 했는데 정색을 하고 그러냐."

낮이 짧아 이르게 해가 졌다. 따스한 귤빛 석양이 나무 사이사이로 넓게 퍼져 나갔다. 소란은 동그랗고 탱탱한 귤 하나를 따서 돌려 가며 소매에 문질렀다. 먼지가 닦이자 까먹기 아까울 정도로 귤껍질이 반짝거렸다. 은지의 말이 머릿속에서 맴돌았다. 초록색일 때 수확해서 혼자 익은 귤, 그리고 나무와 햇볕에서 끝까지 영양분을 받은 귤. 이미 가지를 잘린 후 제한된 양분만 가지고 덩치를 키우고 맛을 채우며 자라는 열매들이 있다. 나는, 그리고 너희는 어느 쪽에 가까울까.

농장 사장님이 추천해 준 근처 중국집에서 해물짬뽕을 먹고 숙소인 은지네 별장에 도착했다.

불을 끄고 나란히 누워 오늘 본 것, 먹은 것, 산 것, 생각한 것들에 대해 두서없이 얘기했다. 바다는 너무 맑고 모래는 검었다. 계획에 없던 귤농장도 좋았다. 얼마 전 부산 여행을 다녀온 소란이 부산역은 나오자마자 바다 냄새가 났는데 제주공항은 아니라 신기했다고 말했다.

"대신 야자수가 있잖아."

"실망하지 말라고 심어 놨나 봐."

"짬뽕에 해물도 많았어. 역시 짬뽕은 제주도야."

"제주도는 짬뽕이지."

짬뽕은 제주도냐, 제주도는 짬뽕이냐를 두고 잠깐 설전이 오갔지만 결론 없이 끝났다. 다윤은 비행기가 너무 좁고 추워 놀랐단다.

"비행기 처음 타 봤거든. 책 읽다가 잠들면 승무원들이 와서 불 꺼 주고 담요 덮어 주고 그런 거 상상했는데. 항공사 광고에 나오는 것처럼."

"드라마에 나오는 것처럼?"

"비즈니스는 넓은가? 비즈니스 타 본 사람?"

"퍼스트 정도는 되어야 다윤이가 기대하는 그림이 나올걸?"

"다윤아, 너는 성공해서 퍼스트 타고 다녀라. 난 글렀어."

다윤이 대답했다.

"그때는 다정이도 같이 다닐 수 있으면 좋겠다."

옆자리에 누워 있던 은지가 다윤을 끌어안고 쪽, 소리가 요란하게 볼에 뽀뽀를 했다.

"으이그 우리 김다윤, 조금만 덜 착하면 좋을 텐데."

은지의 말에 소란은 꼬리를 물고 어떤 장면 하나가 떠올랐다. 이른 겨울의 어느 체육 시간이었다. 선생님은 벌겋게 달아오른 다윤의 이마와 뺨에 손등을 대어 보며 걱정스러운 얼굴을 했다.

"다윤이는 보건실 가서 해열제 먹고 이번 시간 쉬어."

다윤은 점심시간 내내 패딩을 뒤집어쓰고 있었다. 그렇게 얼굴을 둘둘 말고 있었으니 뜨끈해졌겠지. 소란은 다윤이 체육 시간에 쉬고 싶어 일부러 그랬다고 생각했다. 다윤은 해열제를 받았을까. 먹었을까.

다윤을 들여보내 놓고 선생님은 아이들 곁으로 다가와 구령을 붙이며 함께 달렸다. 긴 다리로 성큼성큼 뛰며 속도를 올렸다. 소란은 체육 선생님이 좋았다. 170cm가 넘는 큰 키로 대부분의 아이들을 내려다보아서, 체육 시간만 되면 거드름을 피우는 육상부 아이들보다 빨리 달려서, 긴 손가락을 쫙 펼쳐 한 손으로 농구공을 집어 올려서 좋았다. 포니테일로 당겨 묶은 머리가 찰랑찰랑 경쾌하게 흔들리는 모습도 좋았다.

하지만 체육 쌤은 소란을 모른다. 소란의 이름도, 얼굴도, 존재 자체도 모를 것이다. 소란은 드리블 평가 때 제멋대로 튕겨 나간 공을 쫓아다니느라 웃음거리가 되지도 않았고, 유연성 평가 때 끙끙 신음 소리를 내지도 않았고, 반항기 가득한 눈으로 100미터를 걸어오지도 않았다. 너무 잘하지도 못하지도 않는, 눈에 띄지 않는 수많은 학생들 가운데 한 명. 체육 시간에는 다윤도 비슷하다. 그런데 쌤은 다윤은 알고 소란은 모른다.

공부를 잘하는 아이, 안쓰럽고 기특한 아이, 마음이 쓰이는 아이. 똑똑한 다윤이 그런 평가들을 모를 리 없다고 소란은 생각했다. 하지만 다윤에게는 관심과 동정을 떨쳐 낼 마음이 없어 보였다. 하긴, 다들 알아봐 주고 챙겨 주는데 나쁠 건 없지.

반 아이들이 모두 교실로 들어오고 다음 수업 시작종이 울리고 나서야 다윤이 하얗게 질린 얼굴로 돌아왔다. 주변 아이들이 한 번씩 괜찮으냐고 물었다.

"아까는 열나더니 이번에는 추워. 몸살인가 봐."

다윤이 급하게 패딩을 걸치는데 뒷자리 앉은 친구가 꼬여 있는 다윤의 옷소매를 추슬러 편히 입을 수 있도록 도와주었다. 다윤이 뒤돌며 입 모양으로 고, 마, 워, 했고 친구는 피식 웃었다. 다윤이 다시 고개를 돌려 앉다가 그 모습을 물끄러미 보고 있던 소란과 눈이 마주쳤다. 이번에는 소란이 입 모양으로 물었다. 괜,

찮, 아? 다윤이 고개를 끄덕이며 또 고, 마, 워, 했다. 소란도 웃어 보였다.

여행 마지막 밤에는 은지 엄마가 치킨을 시켜 주었다.

"싸우지 말고, 술 먹지 말고. 캔 몇 개 있는지 다 확인해 뒀어."

은지 엄마는 계산만 하고 방으로 들어갔다. 왠지 본격적인 자리인 것 같아 아이들은 어색했다.

소란은 공중파밖에 나오지 않는 TV 채널을 이리저리 돌리며 거실을 둘러봤다. 우리 집이 34평인데 거실 크기는 비슷하고, 방은 두 개뿐이지만 훨씬 큼직하고, 정원이 건물의 네 배쯤? 생각하다가 그만두었다. 여기가 얼마나 넓은지 얼마나 비싼지 알아서 뭐 하게. 이 별장 때문에 은지가 부러운 것도 아닌데.

은지는 처음 먹어 보는 음식도 입에 덥석 넣고, 길을 잘못 들어도 웃으며 돌아 나왔다. 긴장하고 지친 친구들을 밀어 주고 가방을 받쳐 주고 웃겨 주었다. 며칠 붙어 있으면서 내내 그런 은지가 부러웠다. 단짝 친구 같은 은지와 엄마 사이도. 나도 우리 엄마와 그런 관계가 될 수 있을까.

TV는 혼자 떠들고 해인은 폰만 보고 은지와 다윤이 치킨을 오물거리며 띄엄띄엄 학교 얘기, 친구들 얘기, 학원 얘기를 했다. 누구랑 누구랑 헤어졌다더라, 지난번 그 일은 학폭위 간다더라, 아이비리그 원장이랑 옆 소아과 원장이랑 바람이 났다더라. 한 명이 말하면 다른 한 명이 덧붙이거나 질문하는 일 없이 그렇구나, 하고 말았다. 대화는 계속 스파게티 가락이 부러지듯 툭툭 부러져 아무렇게나 던져졌다.

해인이 휴대폰을 내려놓고 테이블에 붙어 앉았다. 아직 하나 남아 있던 다리를 집어 들더니 무심히 베어 물었다. 눈이 동그랗게 커졌다. 해인은 허리를 세워 앉아 두 손으로 치킨을 잡고 살점을 샅샅이 훑으며 거의 빨아들이듯 먹기 시작했다.

"너무 맛있어!"

은지가 웃었다.

"당연한 걸 뭘 그렇게 놀라? 치킨은 원래 맛있잖아."

"우리 엄마는 치킨 기름 안 좋다고 항상 오븐에 구워 줬거든. 이사하면서 오븐 팔아서 요즘은 그것도 못 먹지만. 많이 안 먹어봐서 그런지 기름지고 더부룩하고 난 치킨이 뭐가 맛있는지 모르겠더라고. 근데, 근데 이건 너무 맛있어. 왜 이게 맛있는 줄 몰랐지?"

또 다른 조각 하나를 뜯어 먹고 길쭉한 뼛조각을 뱉으며 해인은 갑자기 고개를 푹 숙였다. 소란이 당황해 물었다.

"너 울어?"

해인은 코끝이 빨개진 채로 고개를 저었다.

"너무 다행이야. 이렇게 맛있는 걸, 세상 사람들 다 아는 걸 나도 알게 돼서."

닭다리 하나에 너무 진지한 해인이 우스우면서도 이상하게 안쓰러웠다. 다들 웃지도 울지도 못하고 있는데 은지가 불쑥 신영진으로 이사한 이유를 털어놓았다. 처음 듣는, 짐작도 못 했던 이야기였다. 아무도 대꾸하지 못했고 소란은 서서히 속이 울렁거렸다. 비밀을 공유하는 일, 진심을 말하고 진심이라 믿는 일, 사람과의 관계를 소중하게 여기는 일. 소란은 아직도 이 모든 일에 익숙하지 않았다. 소란도 망설이다 고백했다.

"사실은 처음에 너네 이상한 애들인 줄 알았어."

"왜?"

"영화부에 들어왔잖아."

"지는."

분위기가 심각해졌다고 생각했는지 은지가 화제를 돌렸다.

"우리 지금 이렇게 모여 있는 거, 생각하면 다 다윤이 덕분이지."

"편의점 아이스크림 덕분이지."

"근데 이해인이 문제지."

"맞아. 내가 문제지."

해인과 은지가 랩 배틀 하듯 주고받았고 다윤은 큭큭 웃음을 참았다.

소란은 재미있지 않았다. 다윤과 편의점에서 아이스크림 먹으며 얘기했던 일을 말하는 건가? 그걸 해인과 은지가 어떻게 알고 있지? 화를 내거나 따지는 것처럼 보일까 봐 아주 조심스럽게, 셋이 상의해 한 일이냐고 물었다. 눕듯 벽에 기대어 있던 다윤이 급히 몸을 일으키며 설명했다.

"어쩌다 얘기가 나와서 내가 말했어. 그것도 몇 달이나 지나서였고. 셋이 미리 계획한 거 아니야. 오해하지 마."

소란은 잔뜩 구겨진 마음과는 다르게 그냥 궁금했을 뿐이라고 웃었다. 신경 써 웃느라 오른쪽 뺨이 부르르 떨렸다. 혼자 겉돈다고 느끼던 1학년 때의 공기. 다 끝났다고 생각했는데 불쑥 소란을 휘감았다.

다들 집에 가기 싫다, 헤어지기 싫다고 했다. 3학년 때도 영화부 하자, 고등학교 가서도 연락하자, 그러다가 같은 고등학교 가자는 얘기까지 왔다. 그렇게 그 엄청난 약속이 시작됐다.

그날 밤, 은지네 별장 마당에서 올려다본 달이 무척 크고 부옜다. 소란은 블러드문이 떴던 밤을 떠올렸다.

"얘들아, 하늘 좀 봐. 달 되게 크지?"

셋이 일제히 고개를 들어 하늘을 올려다보았다.

"와, 정말."

"엄청 가까이 있는 것 같다."

해인만 시큰둥하게 대꾸했다.

"달은 우리 동네에도 떠."

"그치. 제주도에도 뜨고 우리 동네에도 뜨고 시드니에도 뜨고."

"갑자기 웬 시드니?"

"그냥, 그렇다고."

소란은 앞으로 커다란 달이 뜬 밤이면 블러드문이 아니라 이 여행을 떠올릴지도 모르겠다고 생각했다.

절박하고 뒤틀리고 아슬아슬한 약속. 그 선택으로 인해 대학이, 진로가, 미래가, 인생이 뒤집힐 수도 있다는 것을 알았다. 알지만 감수했다고 할 수는 없다. 그냥 순간의 여러 감정과 계산이 빚어낸 결과였다. 겨우 열여섯. 밤이었고, 넷이 함께 온 첫 여행이었다. 어느 정도는 충동적인 판단이었다. 그렇다고 해서 아무것도 아닌 것은 아니었다. 진심이 아닌 것도 아니었다.

"그냥. 이 촌스러운 사진 한 장 찍기가
왜 이렇게 어려웠을까 싶어서."
소란의 대답을 들은 세 사람은 모두
소란과 비슷한 표정이 됐다.
한숨을 쉬었다가 눈썹을 찡그렸다가
실없이 웃었다.

다시, 입학식

"소란아!"

목소리만 들어도 누군지 알 수 있다. 어떤 손짓을 하고 있을지, 어떤 표정을 하고 있을지, 어디를 보고 있을지도. 소란의 마음이 흐물흐물 풀어졌고 축제가 끝났던 그날 밤처럼, 타임캡슐을 묻었던 밤처럼 몽롱해서 현실감이 없었다. 소란은 뒤돌아 팔을 위로 쭉 뻗어 흔들었다.

"잘 보여! 팔 그만 흔들어!"

그래도 소란은 환대의 손짓을 멈추지 않았다. 은지는 숱이 많은 단발머리를 풀썩이며 성큼성큼 소란에게 달려왔다. 가까워지고 선명해졌다.

"몇 반?"

"2반."

"옆이네. 끝나고 보자."

2반 쪽으로 걸어가던 은지가 돌아보며 말했다.

"교복 잘 어울려! 중학교 때 것보다 훨씬."

"너도 예뻐."

"난 원래 예뻐."

소란이 혀를 쭉 내밀고 우웩, 하는 표정을 지어 보였지만 은지는 개의치 않고 어깨를 과장되게 흔들며 걸어갔다.

소란과 은지는 1지망으로 신영진고등학교를 썼고 그대로 배정되었다. 처음에는 소란의 엄마가 내켜하지 않았지만 내신을 잘 받는 게 낫다는 딸의 의견을 결국 따라 주었다. 문제는 가람여고 지원이 취소되고 주민등록도 환원된 해인과 경인외고에 불합격한 다윤이었다. 둘 다 2지망으로 신영진고등학교를 쓰긴 했지만 결과를 장담할 수 없었다.

소란과 은지가 반마다 다니며 지원 학교 현황을 알아보고 신영진고등학교 지원자 숫자를 가늠해 보았다. 정작 해인은 태평했다. 신영진이 고등학교 가려고 들어오는 동네도 아니고 어쨌든 지원 학교 안에서 다 배정은 될 거라고, 혹시 신영진고에 배정되지 않는다고 하더라도 어느 학교든 신영진고보다는 낫지 않겠느냐고 킥킥 웃었다. 다윤도 다 잘될 거라고 말은 했는데, 사실은 주변에 미달된 특목고가 있는지 조용히 알아보는 중이었다. 너무 엉뚱한 고등학교에 배정된다면 일단 입학 후 자리가 남은 특목고로 전학할 생각까지 하고 있었다.

다행히 올해도 신영진을 지원한 학생은 많지 않았던 모양이다. 해인과 다윤도 신영진에 배정되었다. 해인은 덤덤했고 다윤은 눈물을 터뜨렸다. 은지가 괜히 다윤을 놀렸다.

"아무도 안 가려는 학교 뭐가 좋다고 눈물씩이나 쏟고 그러냐? 아! 나랑 같은 학교 가게 돼서 감격했구나?"

다윤이 눈물을 흘리는 채로 피식 웃었다. 소란도 다윤의 어깨를 토닥였다. 해인만 여전히 시큰둥했다.

"싫어서 우는 걸 수도 있지. 진짜 신영진고 가게 된 것도, 우리랑 또 엮인 것도 눈물 나게 싫은 거 아니야?"

다윤이 한숨을 내쉬며 해인을 노려보았다. 해인이 움찔했다.

"농담!"

그리고 해인이 알고 있던 대로 상혁도 신영진고등학교에 배정받았다. 다윤은 이번에도 뭐래, 상관없어, 했고 소란도 같이 웃었는데 이상하게 옆구리가 쿡쿡 쑤셨다. 상혁이랑 괜히 친한 척하지 말아야지. 오해도 감정도 관계도 그렇게 이어졌다.

모두 다른 반이 되었다. 한 학년에 다섯 반뿐인 작은 학교라 어쩌면 두 사람쯤은 같은 반이 될지도 모른다고 기대했는데 완벽하게 흩어졌다. 입학식이 끝나고 소란과 해인, 은지, 다윤은 약속대로 교문 앞에서 다시 만났다. 어리둥절한 신입생과 그 가족들, 학원 전단지를 나눠 주는 이들까지 엉켜 번잡했지만 어쩔 수 없었다. 넷이 다 아는 공간이 아직 교문밖에 없었다. 괜히 반갑기도 하고 서로의 교복이 어색하기도 해 입술을 삐죽이며 웃음을 참았다.

무한리필 떡볶이, 코인 노래방, 시간이 남으면 지하상가에 가서 옷 구경을 하거나 근처 쇼핑몰을 돌아다니다 그래도 돈과 시간이 남으면 영화를 보는 일정. 언제나 뻔했다. 누군가 가자, 하면 우르르 따라나섰을 것이다. 그런데 아무도 그 '가자'를 하지 않았다. 운동화 앞코로 흙바닥을 콩콩 두드리는 한 사람과 괜히 가방끈을 붙잡아 당기는 한 사람과 입술을 뜯는 한 사람에게 소란이 말했다.

"우리 사진 찍을래?"

"무슨 사진?"

"입학 기념사진."

해인이 질색하며 슬금슬금 뒤로 물러났다. 다윤은 고개를 한껏 뒤로 꺾으며 목젖이 보일 정도로 크게 웃었다.

"들었어? 얘 뭐래? 얘들아, 차소란 미쳤나 봐!"

소란도 멋쩍어 웃어넘겼다. 그때 아무 말 없이 세 사람을 번갈아 보기만 하던 은지가 말했다.

"사진 찍으면 좋을 것 같은데, 왜?"

이미 거절당했던 제안을 바로 그 자리에서 망설이지도 쑥스러워하지도 않고 은지가 꺼냈다. 은지의 그런 면을 해인은 좋아했고 다윤은 신기해했고 소란은 부러워했다. 다른 아이들이 머뭇거리는 동안 은지는 태연하게 몸을 돌려 학교 안으로 걸어 들어갔다. 나머지 셋은 뭐야? 쟤 어디 가? 같은 혼잣말도 아니고 질문도 아닌 말들을 뱉으며 은지를 따라갔다.

"야, 어디 가?"

은지가 돌아보며 왜 그런 당연한 질문을 하느냐는 듯 말했다.

"강당."

"왜?"

"사진 찍게."

"사진 여기서 찍으면 되잖아?"

"그래. 뭐 하러 강당까지 가? 이 길 오르막이야."

이제 사진을 찍는 일에는 모두 동의한 것이 되었다. 주제는 사진을 찍으러 꼭 강당까지 가야 하느냐로 옮겨 왔고 투덕거리는 사이 아이들은 강당 앞에 도착했다. 은지가 '축 입학' 세 글자가 전형적인 삼각 구도로 적혀 있는 입간판을 가리켰다.

"서 봐."

셋은 쭈뼛쭈뼛 입간판 앞에 섰고 은지가 손을 좌우로 움직이며 아이들의 자리를 지정했다.

"그걸 가리고 서면 어떡해? 축 입학 글자랑 학교 이름 좀 보이게. 소란이는 왼쪽으로 좀 더 가고 해인이가 다윤이 쪽으로 바짝 붙어 봐."

착, 착, 착, 착, 착, 착. 은지는 몇 장을 연달아 찍었고 다윤이 이제 그만해, 했다. 굳어 있던 세 사람의 자세가 조금씩 흐트러질 즈음 은지가 주변을 두리번거리다가 갑자기 별관 방향으로 뛰어갔다. 선생님으로 보이는 어른에게 다가가 뭔가 말한 후 두 번이나 고개를 깊이 숙여 인사를 하더니 함께 걸어왔다. 은지는 선생님에게 자신의 휴대폰을 건네고 입간판 앞에 섰다. 해인과 다윤, 소란도 은지의 의도를 알아채고 다가와 섰다. 휴대폰 화면을 통해 학생들의 움직임을 보고 있던 선생님이 고개를 갸웃거리며 말했다.

"얘들아, 가운데 둘은 조금 떨어져 봐. 축 입학 글자가 잘 안 보여."

은지도 비슷한 주문을 했었다. 해인과 다윤이 마주 보고 피식 웃으며 발을 움직여 자리를 다시 잡았다.

"표정 좀 풀어라. 이화학당 입학 사진도 이렇게 어색하진 않겠다."

선생님의 한마디에 웃음이 터졌다. 고개를 뒤로 젖히고, 주먹으로 입을 가리고, 옷깃을 쥐고, 옆 친구의 어깨에 기대고. 아이들이 각자의 습관대로 웃는 동안 선생님은 은지보다 더 많이, 더 열심히 촬영 버튼을 눌렀다.

선생님이 휴대폰을 건네고 돌아서자마자 네 개의 머리가 작은 폰 위로 모였다. 나도 좀 보자, 너 왜 눈 감았어, 이 사진 웃겨, 같은 짧은 말들이 자루에서 단단한 곡물 쏟아지듯 쉴 새 없이 쏟아졌다.

"사진 보내 줘."

"응. 단톡방에 올릴게."

"너 이상하게 나왔다고 빼지 말고 다 올려."

"알았어."

"사진 찍지 말자고 할 때는 언제고?"

"그땐 그때고."

은지는 걸으며 사진들을 단톡방에 올렸고 해인은 은지가 넘어질까 팔짱을 끼었다.

"마지막 사진 잘 나온 것 같아."

배경은 강당의 진흙색 벽돌 벽. '축 입학'이라고 써진 허리 높이의 입간판 양쪽으로 두 사람씩 섰다. 간판 왼쪽의 은지와 해인이 마주 보며 웃고 있다. 간판 오른쪽의 다윤은 고개를 뒤로 꺾으며 입을 벌려 웃고 소란은 그런 다윤의 어깨에 손을 올렸다. 앞의 계단이 두 칸 정도 보이는데 그중 아래 칸에는 알록달록 화려한 꽃이 가득 심긴 커다란 화분이 있고 아이들은 프레임의 정중앙이 아니라 약간 오른쪽 아래에 잡혔다. 정말 자연스러운 상황이었지만 사람들이 자연스러운 사진을 찍을 때 연출하는 전형적인 구도와 표정과 배경이라 무척 작위적으로 느껴지기도 했다.

소란은 오른쪽 검지와 중지로 화면을 확대해서 네 명의 표정을 찬찬히 보기도 하고 다시 원래의 크기로 줄여서 전체 사진을 들여다보기도 했다. 그러고는 생긋 웃었는데 해인이 왜 웃냐고 묻기 전까지는 소란 스스로도 웃고 있는 줄 몰랐다.

"그냥. 이 사진, 이 촌스러운 사진 한 장 찍기가 왜 이렇게 어려웠을까 싶어서."

소란의 대답을 들은 세 사람은 모두 소란과 비슷한 표정이 됐다. 한숨을 쉬었다가 눈썹을 찡그렸다가 실없이 웃었다. 은지는 엄지로 사진 속 자신의 얼굴을 가려 보았다. 여기, 내가, 없을 수도 있었지.

각자의 계산과 계획이 있었다.

제주도의 밤, 그 약속도 중요했지만

가장 중요하지는 않았던 것 같다.

모두 스스로에게 최선의 선택을 했을 뿐이다.

다시, 은지의 이야기

중학교 3학년 때 은지와 해인은 같은 수학 학원에 다녔다. 금요일 수업이 끝나면 으레 토스트나 떡볶이를 사 먹고 놀이터에서 시간을 보내거나 인근 쇼핑몰을 구석구석 쏘다니곤 했다. 옷 매장에서는 사지도 않을 옷을 열 벌씩 입어 보고, 서점에서는 잡지에 실린 아이돌 그룹의 사진을 몰래 찍고, 화장품 매장에서는 견본으로 꺼내 놓은 매니큐어를 바르거나 립틴트를 발랐다. 마지막으로 액세서리 매장에 들러 가장 화려한 머리핀을 꽂고 셀카를 찍다가 점원에게 제지를 당하고서야 멈추었다. 일탈은 아니지만 왠지 엄마에게는 말하고 싶지 않았다.

그날도 은지와 해인은 한창 쇼핑몰 투어 중이었다. 서점에 서서 비닐 포장이 되어 있지 않은 만화책을 찾아 읽었고 지하 마트를 돌면서 시식 코너의 음식들을 집어 먹었다. 일회용 종이 소주잔에 담긴 짜장면을 입에 털어 넣고 있을 때, 해인은 예전 아파트

위층에 살았던 아줌마와 눈이 마주쳤다.

"어머, 너 해인이 아니니?"

해인은 입 안의 면을 씹지도 않고 꿀꺽 삼키고는 꾸벅 인사했다.

"응. 그래. 근데 여기서 뭐 해?"

"아, 펜 사러 왔다가요. 그냥."

해인이 얼버무리자 은지도 덩달아 짜장면 컵을 그대로 내려놓고 혀로 입술을 닦았다. 아줌마는 해인과 은지를 번갈아 보다가 해인에게 말했다.

"아까 너 서점에서도 봤어."

"아, 네, 문제집 좀 봤어요."

"그랬니? 거기가 문제집 코너였나? 근데 나 지난 금요일에도 너희 봤다. 여기 4층 야외에 앉아 있는 거."

해인은 황급히 지난 금요일의 기억을 머릿속에서 끄집어냈다. 지난주에 뭘 했더라? 4층 카페에서? 아! 아무것도 안 했다. 은지와 해인은 돈이 없었고, 몰래 앉아 있기 좋은 4층 카페 야외 테이블 하나를 차지하고 있었다. 각자의 휴대폰을 오래 보았고 같이 음악을 들었고 노트에 낙서를 하면서 잠깐 수다를 떨다가 헤어졌다. 해인은 아무 일 없어서 다행이라고 생각했는데 아줌마의 생각은 그렇지 않은 것 같았다.

"왜 집에 안 가고 맨날 쓸데없이 돌아다니고 그러니? 엄마 걱정하시겠다."

그날 밤 엄마는 해인의 방에 들어와 책장을 들여다보며 한숨을 여러 번 내쉬었다.

"엄마, 뭐 없어졌어? 왜 계속 한숨을 쉬어?"

"엄마가 한숨 쉬었어?"

엄마는 옛날 윗집 아줌마에게 전화가 왔었다고 말했다. 그리고 지친 얼굴로 한마디 덧붙였다.

"우리 집이 이렇게 됐다고 너까지 그러면 안 된다."

'이렇게'와 '그러면'에 숨은 많은 의미들이 어깨에 올라타 해인은 급격하게 피로를 느꼈다. 해인의 대답도 듣지 않고 엄마가 나간 후 곧바로 은지에게서 톡이 왔다.

'울 엄마가 시식 코너에서 저녁 때우지 말래 ㅋㅋ'

아, 엄마가 은지 엄마한테 연락했나? 순간 해인은 너무 화가 나고 부끄러워 귀와 목까지 벌겋게 달아올랐다.

'미안. 우리 엄마 미쳤나 봐. 진짜 미안해.'

'뭐가?'

'혼났어? 미안해.'

'그냥 우리 굶고 다닐까 봐 걱정하는 거 같던데.'

'누가? 너네 엄마가? 우리 엄마가?'

'하여튼 엄마가 시식 코너에서 끼니 때우지 말고 저녁 제대로 먹으래.'

윗집 아줌마가 비아냥거리거나 과장하지 않고 '쇼핑몰에서 해인과 친구를 마주쳤다'는 정보만 전했을 리 없다. 그런데 말들은 해인 엄마를 거쳐 은지 엄마를 거쳐 은지를 거쳐 해인에게 돌아오며 어떤 불쾌나 불안도 담기지 않은 어른의 염려가 되었다. 은지가 이어 톡을 보냈다.

'할머니가 담주 금요일에 학원 끝나면 같이 오래. 삼계탕 해 주신대.'

그 삼계탕을 시작으로 해인은 금요일마다 은지네 할머니가 해 주는 저녁을 먹고 은지네서 시간을 보냈다. 은지네 머무는 시간이 점점 길어졌다. 은지 엄마는 야근 후 지쳐 새까매진 얼굴로 들어와서 너무 늦어 위험하다며 해인을 집에 태워다 주기도 했고, 잔뜩 취해 비틀비틀 들어와서는 내일 쉬는 날인데 그냥 자고 가라고 해인이네에 전화를 걸어 주기도 했다.

처음 해인 엄마는 집으로 곧장 오라고 딸을 나무랐다. 은지네에 과일이나 고기 같은 것을 보내기도 했다. 그러다 은지 엄마와 한 번 술을 마셨는데 그때 무슨 얘기를 주고받았는지 금요일에 은지네 가는 것을 무조건 허락해 주었다.

"엄마 왜 요즘 은지네 가지 말라고 안 해?"

"너도 좀 쉬라고."

"좀 놀라고, 가 아니고 쉬라고?"

"맨날 상민이 저녁 챙기느라 힘들잖아."

부모님이 늦는 날이 많아 해인은 거의 매일 동생의 저녁을 챙겼다. 학원이 늦게 끝나는 날이면 신발도 벗기 전에 상민이 배고프다고 짜증을 냈다. 가끔은 동생이 불쌍해 옷도 못 갈아입고 밥상부터 차렸고, 가끔은 동생이 싫어서 가방만 던져 놓고 다시 나가 버리기도 했다. 해인은 지겹고 미안해서 밥솥에서 밥을 퍼 그릇에 담고 주걱으로 살살 모양을 다듬으면서도 울고, 휴대폰도 지갑도 안 들고 나와 아무것도 못 하고 거리를 쏘다니면서도 울었다. 엄마가 알고 있었구나.

"동생 밥 좀 잘 챙겨 주라고 할 줄 알았더니."

"일주일에 한 끼쯤 대충 때워도 안 죽어."

은지 엄마는 저녁 대충 때우지 말고 제대로 먹으라고 했는데. 예전에는 해인의 엄마도 그랬다. 라면이나 햄버거 같은 것은 절대 끼니가 될 수 없다고, 바깥 음식에는 조미료가 많아서 몸에 안 좋다고. 그랬던 엄마가 아침이면 다급히 천 원짜리를 쥐여 주며 학원 가기 전에 삼각김밥 사 먹고 들어가라고 한다. 한 끼쯤 대충 때워도 안 죽는다고 한다. 사람의 생각이, 말이, 행동이 언제 어떻게 변할지는 아무도 모른다. 해인은 은지의 엄마가 더 좋은 엄마가 아니고, 자신의 엄마가 더 무책임한 엄마도 아니라는 것을 안다. 하지만 많은 사람들이 해인처럼 생각하지 않으리라는 것도 안다.

금요일이면 해인은 속옷을 챙겨 등교했다. 저녁으로 된장찌개나 김치볶음밥, 닭볶음탕을 먹고 같이 숙제하다가 밤에 은지 엄마가 사 오는 붕어빵이나 떡볶이 같은 간식을 먹었다. 이후에는 넷이 TV 앞에 나란히 앉아 드라마를 보다가 할머니와 엄마가 차례차례 하품을 하며 각자의 방으로 들어가면 은지와 해인도 방에 들어가 나란히 누워 수다를 떨다가 잠들었다.

노래방 사건 다음 주 금요일에 은지와 해인은 주방을 차지하고 짜장밥을 했다. 은지 할머니가 손을 다쳐서 둘이 요리를 해 보기로 한 것이다. 싱크대 주변은 양파와 감자, 당근 껍질과 고기 조각, 끓으며 튀어 오른 짜장 국물로 엉망이 되었지만 완성품의 모양새는 제법 그럴듯했다. 노른자가 터지지 않도록 잘 부쳐 올린 해인의 반숙 달걀프라이가 한몫 단단히 했다. 접시를 보며 은지 엄마가 감탄했다.

"어이구, 어쩌면 이렇게 달걀프라이가 동그랗고 이쁠까?"

"달걀은 맨날 먹으니까요. 프라이, 찜, 말이, 스크램블, 다 잘

해요!"

으쓱해 대답하고 나니 맨날 달걀이냐던 상민의 반찬 투정이 생각나 해인은 조금 쓸쓸해졌다. 은지는 제가 칭찬을 듣기라도 한 듯 거들었다.

"해인이 칼질하는 속도가 내 두 배야. 해인이는 좋겠지? 나는 나중에 굶어 죽을지도 몰라."

할머니는 붕대를 감아 불편한 손으로 숟가락질을 하며 우물우물 말했다.

"나중에 너희는 밥 다 사 먹겠지. 그런 세상이 될 거야. 그럴수록 해인이 솜씨는 더 귀한 게 될 거고."

은지 엄마가 나란히 앉은 두 아이를 물끄러미 보다 말했다.

"그러고 있으니까 둘이 꼭 쌍둥이 같다."

일란성은 아니겠죠, 하며 기겁을 하던 아이들의 표정이 점점 어두워졌다. 해인이 고개를 푹 떨구었다. 엄마가 놀라 물었다.

"해인아, 너 우는 거 아니지?"

순간 해인의 두 눈에서 눈물이 후두둑 떨어졌다. 급히 티슈 한 장을 뽑아 건넬 뿐 아무 말도 꺼내지 못하는 은지 엄마의 눈을 보며 해인이 또박또박 말했다.

"은지 자카르타 안 가면 안 돼요?"

은지 엄마는 4년 전의 기억이 떠올랐다. 땀으로 흠뻑 젖은 채

새하얗게 질려 누워 있던 은지, 하온 아빠가 건네던 쿠키, 도망치듯 이사 온 낯선 동네, 낯선 집. 늦은 퇴근길, 끝이 보이지 않는 도로를 달리고 달려 주차장에 도착하면 그제야 눈물이 쏟아지곤 했다. 핸들에 얼굴을 묻고 한참을 울다가 벌겋게 부은 얼굴을 감추기 위해 룸미러를 보며 화장을 했다. 집에 들어가자마자 지우게 될 화장을 공들여 하면서 산다는 건 참 곱고 잔인한 일이구나 생각했다.

죽을 때까지 잊지 못할 줄 알았다. 그때 은지와 자신을 오해했던, 가혹했던, 엄격했던, 무관심했던 모든 말과 행동과 눈빛들. 어떤 방식으로든 되갚아 주리라 생각했다. 어느 저녁, 치킨을 시켜 먹고 나서 식탁에 널브러진 닭 뼈와 튀김옷 부스러기를 치우다가 은지 엄마는 그 쓰레기들을 이전 학교의 교감에게 보내야겠다고 생각했다. 교감은 녹취록이며 CCTV 자료들을 제출하는 은지 엄마에게 적당히 하시라고 말했었다.

지문이 남지 않도록 비닐장갑을 끼고 지퍼백에 뼛조각과 남은 치킨 무, 냅킨 같은 것을 마구 담다가 아, 정신을 차리고 멈췄다. 내가 미쳤나 봐, 혼자 중얼거리다가 어이없어 웃다가 서글퍼 눈물이 고였다.

그렇게 절박했는데 이렇게 태연해졌다. 일정 부분, 어쩌면 꽤 많은 부분 해인 덕분이다.

"아이고 해인아."

은지 엄마는 울고 있는 해인이 고맙기도 하고 애틋하기도 해서 한참을 망설이다가 조심스럽게 말을 이었다.

"해인아, 지금은 막 못 살 것 같고 세상이 끝난 것 같고 그럴 수 있어. 나도 그럴 때가 있었어. 음, 은지 아빠랑 헤어질 때도 그랬고 또, 내가 첫 직장에서 좀 억울하게 나왔거든? 그때도 그랬어. 그런데 이것 봐. 이렇게 멀쩡하게 살아 있잖아. 다 되더라고. 살아지더라고. 말하고 보니 애들한테 할 말이 아니긴 한데, 그렇다고. 그러니까 울지 마."

해인은 알았다는 듯, 벌써 멀쩡해졌다는 듯 깊게 콧물을 한번 들이켜고 손등으로 오른쪽 왼쪽 눈물을 번갈아 훔쳐 냈다.

"죄송합니다."

그리고 더 이상 아무 말도 덧붙이지 않았다. 모두의 숟가락질이 멈춘 고요한 식탁 위로 해인의 딸꾹질 소리만 한 번씩 지나갔다. 은지 엄마가 다시 숟가락을 들며 말했다.

"아직 결정된 것도 아니고."

은지와 해인은 침울한 얼굴로 밥을 먹고는 말없이 은지 방으로 돌아왔다. 그리고 문을 닫자마자 은지는 입을 틀어막고 주저앉았다. 해인은 이불을 뒤집어썼다. 안 그러면 웃음소리가 새어 나갈 것 같았다.

해인은 사실 예의 바르게 부탁할 생각이었다. 은지는 무릎을 꿇자고도 했었다. 하지만 둘이 나란히 무릎을 꿇고 앉아 저희 계속 이렇게 만나게 해 주세요, 라고 말하는 건 어쩐지 웃겼다. 결혼 허락받는 것도 아니고. 해인은 은지를 자카르타에 보내고 싶지 않았다. 소란이 은지를 의심하는 것도 싫었다. 그런 뜻은 아닐 거라고 소란을 편드는 은지에게도 서운했다. 사실 눈물까지는 계획에 없었는데, 울컥했다. 마음을 겨우 진정시킨 은지가 말했다.

"뭐야 갑자기? 나까지 눈물 날 뻔했다, 야."

"너도 울지 그랬어?"

"그럼 우리 엄마가 눈치챘지."

둘은 소리를 죽여 웃었다.

은지 엄마는 자카르타 주재원으로 선발되지 않았다. 신청을 취소했다. 하지만 불평불만이 많고 근무시간 중에 담배를 피우러 자주 나가는 동기가 선발된 것을 알았을 때는 모든 것을 되돌리고 싶었다. 속도 모르고 동기는 왜 신청을 취소했느냐고 물었다.

"응, 애 때문에."

어떤 질문에도 아이와 관련한 대답은 하지 않으려고 했다. 성과에 대한 칭찬에도, 실패에 대한 힐난에도 아이를 내세워 대꾸하지 않았다. 아이가 기다려서요, 아이가 아파서요, 아이가 어려서요, 하는 말이 핑계로 들릴까 봐 꾹 삼켰고 아이 덕분에 성숙해졌다, 책임감이 생겼다, 성실해졌다, 하는 말은 가식으로 들릴까 봐 참았다. 그랬는데 이번에는 그냥 솔직히 대답했다. 숨기기도 피곤했다.

"애가 몇 살인데?"

"중학생."

"그럼 데리고 나가기 딱 좋지 않나? 대학 보내기 유리하면 유리했지 불리하진 않을 것 같은데."

내가 그걸 모를까?

"사정이 있어. 아무튼 잘 다녀와. 축하해."

그는 길게 기지개를 켜며 귀찮다는 얼굴로 묻지도 않은 말들을 주절주절 늘어놓았다.

"와이프가 하도 나가자고 해서 신청하긴 했는데 될 줄은 진짜 몰랐네. 나야말로 애 때문이야. 와이프는 벌써 자카르타에 있는 국제학교도 다 알아보고 다시 한국 들어와서 다닐 학교도 정했더라고."

"응, 그래. 아무튼 축하해. 축하해!"

축하한다는 말을 연거푸 하며 자리를 피했다. 퇴근길, 은지 엄마는 단지 입구의 치킨집에 들렀다. 딱 오늘까지만 아쉬워하고 말아야지. 치킨 한 마리와 소주 한 병을 시켜 소주에 치킨 무만

집어 먹었다. 손도 대지 않은 치킨은 그대로 포장해 갖고 왔는데 그날따라 은지가 일찍 잠들었다.

"은지 먹으라고 치킨 사 왔는데."

"지 술 마시느라 시켰구먼, 뭘."

눈을 비비며 방에서 나온 할머니가 종이 가방 안에서 치킨 상자를 꺼내 김치냉장고에 넣으며 길게 하품을 했다.

다시, 해인의 이야기

공중전화가 보이는 카페 창가 자리에 앉자 소란은 손이 떨렸다.

"녹음되면 어떡하지?"

요즘은 웬만한 고객센터에 전화를 해도 녹음하겠다는 안내가 나온다. 학교는 어떨까. 불안은 빠르게 번져 나가 은지도 다윤도 금세 비슷한 표정이 되었다. 해인만 여유 만만했다.

"괜찮아."

"너야 괜찮겠지. 난 안 괜찮아. 걸리면 끝장이라고. 징계받을지도 몰라."

"제보 내용을 쉽게 유출하고 그러진 않을 거야. 만약에, 만약에 정말 녹음 파일이 나오기라도 하면 나라고 할게."

"내 목소리가 녹음되어 있을 텐데 그게 무슨 소리야?"

"야, 동갑인 여중생들 전화 목소리를 어떻게 구분하냐? 우리 엄마들도 못 해."

그런가? 동의하는 마음이 반, 미심쩍은 마음이 반쯤이었다.

"시험해 볼래? 전화기 줘 봐."

해인은 소란의 폰을 가져다가 통화 목록에서 '엄마'를 찾아 전화를 걸고 스피커를 켠 채로 통화했다.

—여보세요.

"엄마!"

—응, 소란아.

"엄마, 나 오늘 학원 끝나고 친구들이랑 떡볶이 먹고 들어갈게."

—그래. 너무 늦지 마.

"엄마!"

—응?

"오늘 늦게 퇴근해?"

—어제랑 비슷해. 무슨 일 있어?

"그냥. 알았어. 끊어!"

—그래.

딸각.

숨죽이고 있던 셋이 웃음을 터뜨렸다. 소란이 가장 크게 웃었다.

"우리 엄마 뭐야! 딸 목소리도 모르고."

"거봐. 내 말이 맞지? 너네 엄마만 그런 게 아니라 다 그럴걸?"

"근데 목소리 분석하면 다 나오지 않나? 〈그것이 알고 싶다〉에 많이 나오잖아."

"살인 사건 났나? 우리 목소리를 누가 분석하고 있어?"

소란은 해인의 집 주소와 이모 집 주소가 적힌 메모를 들고 심호흡을 한번 한 후에 공중전화 부스로 걸어갔다.

다시, 다윤의 이야기

　다윤은 의욕적으로 준비하는 담임 선생님과 이번 기회에 죄책
감을 덜어 보려는 부모님을 설득할 엄두가 나지 않았다. 특히 최
근 몇 년 동안 이렇다 할 성과를 내지 못했던 학교가 다급했다.
올해는 한 명이라도 괜찮은 특목고에 보내겠다는 의지가 강했고
그 한 명은 당연히 다윤이었다.

　다윤의 마음이 전혀 흔들리지 않았다면 거짓말이다. 경인외고
에 가면 정말 좋은 대학에 갈 수 있을까. 지금 이 선택 때문에 내
인생이 달라지는 것은 아닐까. 아무리 고민해도 답을 찾을 수 없
었다. 게다가 자사고들의 재지정이 취소되고, 외고와 자사고가
곧 일반고로 전환된다는 뉴스들이 나오는 중이었다. 학교에서는
지금 초등학생들에게나 해당될 이야기라고 했다. 다윤은 학교가
당장의 성과 때문에 자신의 궁극적인 진로에는 관심 없는 게 아
닌지 의심스러웠다. 그사이에도 선생님의 전폭적인 지지와 협력

속에 원서 준비는 무리 없이 진행됐다.

이제 다윤이 경인외고에 합격하지 않는 방법은 원서를 안 내거나 면접에 안 가거나 면접을 엉망으로 보는 것 세 가지뿐이었다. 넷은 다윤이 온전히 비난과 책임을 감당하지 않아도 될 불가피한 상황이 어떤 게 있을지 고민했다. 다윤은 너무 아프지 않을 정도로만 교통사고가 나거나 어디서 떨어지기라도 했으면 좋겠다고 했다.

"3층 정도에서 떨어지면 되지 않을까?"

"엄청 아플걸?"

"2층이면?"

"면접 못 갈 정도로 다치지는 않을걸?"

더 이상 할 말이 없었다.

"면접 날 아침에 무조건 아프다고 데굴데굴 굴러 봐. 막 울고 소리 지르고 일단 119에 실려 가. 검사 결과 이상이 없더라도 스트레스 때문이라든지 긴장 때문이라든지 아무튼 병원에서는 이유를 찾아 줄 거야."

"우리 집에 진짜 아픈 사람 있잖아. 꾀병 같은 거 안 통해. 딱 알아봐."

말하고 나니 다윤은 집에 항상 아픈 사람이 있어서 포기해야 했던 많은 기회들, 추억들, 감정들이 떠올랐다. 배와 대추가 끓던

달콤한 냄새, 코를 막고 억지로 삼키는 다정의 찌푸린 미간을 보며 조용히 입맛을 다셨던 기억. 다정에게 감기를 옮길까 봐 혼자 이불을 쓰고 앓다가 약국에 갔던 열 살 겨울, 너 혼자 온 거냐고 놀라던 약사의 동그란 눈. 갑자기 취소되었던 여행들. 다정에게 둘러 주기 위해 자신의 목도리를 풀어 가던 엄마의 차가운 손. 나는 안 추워요, 괜찮아요, 활짝 웃으며 말하던 어린 자신의 목소리가 귀에 들리는 듯했다. 엄마에게, 아빠에게, 아무 잘못이 없어서 더 참아 줄 수 없는 다정에게 상처를 주고 싶었다. 조용한 일상을 뒤흔들고 싶었다.

"내가 아니라 다정이가 아픈 걸로 하자."

다윤은 면접장에 들어가기 직전 다정이 응급실에 있다는 엄마의 문자를 받는다. 그리고 급히 병원으로 뛰어가지만 그 문자는 엄마가 보낸 게 아니었다. 결국 면접에 가지 못한 다윤은 경인외고에 불합격한다, 는 것이 다윤의 시나리오였다.

"우리 엄마는 카톡 안 하고 문자만 하거든. 면접 들어갈 시간에 나한테 우리 엄마 번호로 문자 좀 보내 줘."

"요즘 발신 번호 못 바꾸잖아."

"아…… 정말?"

다윤의 눈에서 순식간에 생기가 빠져나갔다. 자신의 폰을 꺼내 이리저리 만져 보고 눌러 보고 노려보고는 책상 위에 내려놓

왔다. 소란이 다른 방법을 생각해 보자고 말하자 다윤은 고개를 저으며 중얼거렸다. 꼭 다정이 때문이면 좋겠는데. 엄마 때문이면 좋겠는데.

다윤의 면접이 이틀 앞으로 다가왔다. 마지막 대책 회의를 위해 넷은 은지네에 모였다. 할머니가 계 모임에 가서 마침 은지네 집이 비었다. 아이들은 집에 들어서자마자 TV 옆의 와이파이 공유기에 달라붙었다. 공유기를 뒤집어 비밀번호부터 입력하고 차례로 소파로 뛰어들었다.

해인이 다윤에게 면접 때 아무 대답도 하지 말라고 했다. 은지는 나중에라도 알려지면 다윤이 곤란해질 거라며 반대했다. 친구들이 고민하는 동안 다윤은 계속 은지에게, 해인에게, 소란에게 문자를 보냈다.

"내 번호 떠?"

"응. 이름, 번호, 또박또박 아주 잘 떠."

"송은지, 네 폰에도 떠?"

"뜨지 안 뜨겠냐?"

"아이폰에도 뜨는구나."

"너 아이폰 아니잖아."

"아이폰 아니지."

"근데 왜 물어봐."

"그러게. 아, 나는 다정이 때문이면 좋겠는데."

그때 안마의자에 앉아 폰을 만지작거리던 소란이 소리를 질렀다. 소란은 안마의자에 꽉 붙잡힌 몸을 억지로 빼내며 폰을 흔들어 보여 주었다.

"페이크 메시지 앱이 있어! 문자를 만들어 줘!"

발신 번호와 문자 내용을 입력하면 자신의 메시지함에 가짜 메시지가 생성되는 앱이었다. 다른 사람에게 보낼 수는 없고 자신의 폰에만 생긴다. 발신 번호가 평소 문자를 주고받던 번호라면 원래의 메시지들 사이에 가짜 메시지가 만들어진다. 정말 감쪽같았다.

다윤은 페이크 메시지 앱을 다운받아 설치했다. 네 사람의 시선이 집중된 가운데 발신 번호란에 소란의 전화번호를 입력하고, 메시지난에 '테스트'라고 쓰고, 발신 시간을 지금으로 설정한 후 완료 버튼을 눌렀다. 아무 알림음도 진동도 없었다.

다윤은 떨리는 마음으로 소란과의 메시지함을 열었다. 친구들과는 카톡을 해서 문자 보낼 일이 거의 없다. 다윤이 받은 화장품 할인 쿠폰 문자를 소란에게 전달한 것이 마지막이었다. 그런데 그 아래 말풍선이 하나 새로 생겼다. '테스트'.

"헐."

"대박."

"소름."

해인이 다윤의 폰을 뺏다시피 가져다가 유심히 들여다보았다. 다음으로 은지가, 소란이 메시지를 확인했다. 만들어진 메시지라는 것을 전혀 알아볼 수 없었다. 소란의 폰에는 아무 알림도, 흔적도 없었다. 다윤이 알 수 없는 얼굴로 한참 자신의 휴대폰을 들여다보다가 가짜 메시지를 삭제했다.

"일단 아침에 시간 맞춰 나갈게. 지하철역 화장실에서 이 앱으로 엄마한테 온 문자를 만들어 놓고 앱은 지우고 적당히 시간 보내다가 올게."

"안 까먹고 안 떨고 잘할 수 있어?"

"나 똑똑하잖아."

"별일 없이 넘어갈까? 너네 엄마가 경찰에 신고하면 어떻게 해?"

다윤은 고개를 저었다. 아이들은 그럴 리 없다는 뜻으로 받아들였지만 다윤은 상관없다는 뜻이었다. 알게 되는 것도 재밌겠다고 생각했다. 우울한 집안 사정 같은 건 아무도 몰랐으면 하는 마음과 누군가 먼저 알아줬으면 하는 마음이 다윤 안에 뒤엉켜 있었다. 동정은 싫지만 위로는 간절했다. 이런 다윤을 엄마는 이해할 수 있을까. 다윤이 스스로에게 문자를 보냈다는 것을 알면 엄마가 뭐라고 할까.

　다윤은 계획대로 지하철역 화장실에서 페이크 메시지 앱을 이
용해 문자를 만들어 놓고 앱을 삭제했다. 손이 덜덜 떨릴 줄 알
았는데 아무렇지도 않았다. 세면대 거울 앞에 서자 화장을 하지
않은 얼굴이 낯설고 너무 피곤해 보였다. 틴트를 꺼내 아랫입술
에만 톡톡 두드려 주었다. 아직 면접장에 들어갈 수 있는 시간이
다. 메시지 따위 지워 버리면 그만이다.

　마음을 정하지 못한 채로 일단 경인외고 방향으로 걷는데 주머
니에서 부르르 휴대폰이 진동했다.

　'원하는 쪽으로 선택해. 진심이야. 너랑 친구라서 좋았어.'

　소란이었다.

　원하는 쪽? 내가 원하는 게 뭘까? 그리고 그 앞에 엄마의 번호
가 찍힌, 사실은 다윤이 만든 가짜 메시지가 있다. '다정이가 많
이 안 좋아. 지난번 그 응급실'. 다윤은 두 메시지를 번갈아 보았
다. 그때 흔한 여자 목소리가 들렸다.

　"딸! 딸!"

　다윤은 주위를 두리번거렸다. 자동차에 대해 잘 모르는 다윤
이 보기에도 꽤 오래된 모델인, 하지만 말끔하게 닦여 반짝이는
흰 승용차 운전석에서 팔 하나가 삐죽 나왔다.

"림아! 우리 림이 파이팅!"

다윤보다 한 걸음 앞서서 걷고 있던 여자아이 하나가 흰 승용차를 향해 돌아서서 손을 흔들었다. 다윤의 엄마도 다윤을 윤아, 하고 불렀었다. 어렸을 때의 일이다. 언제부터 엄마가 윤아, 하고 부르지 않았는지 기억나지도 않고 서운하지도 않다. 그 아무렇지 않은 마음을 슬프고 허탈하게 깨달았다.

다윤은 소란의 메시지가 엄마에게서 온 것이었으면 어땠을까 생각했다. 생각하니 혼란스럽던 마음이 정리되었다. 소란의 메시지를 삭제했다. 엄마의 번호를 찾아 통화 버튼을 눌렀다가 곧바로 끊고 몸을 돌려 지하철역 쪽으로 뛰었다.

다시, 소란의 이야기

부모님은 회사로 오빠는 면접 특강을 듣기 위해 재수 학원으로 나간 아침, 소란은 혼자 시리얼에 우유를 부어 먹었다. 다윤이 면접장으로 향할 시간이었다. 지하철일까, 경인외고로 걸어가고 있을까, 아니면 지하철 화장실 가장 마지막 칸에 들어가 망설이고 있을까, 생각하다 소란은 주머니에서 휴대폰을 꺼냈다.

다윤은 외롭고, 혼자 고민하고 결정하고 책임져야 하는 일이 많고, 그런 스스로를 불쌍하게 생각하는 것 같다. 소란은 어쩌면 지금 다윤이 안쓰럽고도 해맑은 얼굴로 이기적인 선택을 하고 있을지도 모른다는 생각이 들었다.

소란은 다윤에게 문자를 보냈다. 단톡방에 남기는 게 걸리기도 하고, 가짜 메시지와 연달아 보면 다윤의 마음이 더 안 좋을 것 같아 문자메시지를 선택했다. 이 메시지가 다윤을 더 외롭게 하길. 다윤을 흔들고, 약하게 만들고, 친구들을 떠오르게 하길.

에필로그

　입학식 날도 비슷한 코스였다. 넷은 중학교 때부터 자주 다녔던 떡볶이집에 갔다가 쇼핑몰을 잠깐 구경했다가 노래방에서 놀고 헤어졌다. 소란과 해인이 싸웠던 그 코인 노래방이었다.

　소란이 집에 도착해 보니 택배가 와 있었다. 해인에게 받은 핼러윈 선물을 들으려고 산 카세트 플레이어. 몇 달을 궁금해하다 결국 리퍼 제품을 하나 주문했다.

　테이프를 넣고 플레이 버튼을 누르자 자글자글 짧은 잡음에 이어 경쾌한 음악이 흘러나왔다. 영어 동요 모음집이었다. 뭐야, 영어 테이프 맞잖아. 이해인, 이 사기꾼. 몇몇 곡은 어려서 하도 많이 들어 그런지 떠올리려 애쓰지 않아도 자연스럽게 따라 부를 수 있었다.

　Twinkle, twinkle little star. How I wonder what you are……. 이런 가사였나? 소란은 가사를 여러 번 되뇌었다. How

I wonder what you are. 네가 있어서 얼마나 놀라운지. 너희들이 있어서 얼마나 놀라운지.

소란은 폰을 켜고 강당 앞에서 찍은 사진을 다시 열어 보았다. 후회하지 않는다. 친구들도 마찬가지일 거라고 생각한다.

다윤은 특목고에 확신이 없었고 가족들을 아프게 하고 싶었다. 해인은 집안에 경제적인 부담을 주고 싶지도 아빠의 소원을 이루어 주고 싶지도 않았다. 은지는 엄마를 실망시키지 않으면서 친구들도 잃고 싶지 않았다. 각자의 계산과 계획이 있었다. 제주도의 밤, 그 약속도 중요했지만 가장 중요하지는 않았던 것 같다. 모두 스스로에게 최선의 선택을 했을 뿐이다.

그러나 정작 소란은 자신의 계산과 계획을 알 수 없었다. 아직 아무것도 알 수 없다. 낙오되는 것 같고 불안할 때도 있었다. 그래도 된다고 생각한다. 천천히 답을 찾아 가면 된다고. 아직은 그럴 나이라고.

　제주도에 사는 친구는 겨울마다 귤을 보내옵니다. 알알이 맛과 향이 담뿍 담긴 귤. 열매가 덩치를 키우고 맛을 채우는 과정을 생각하게 됐습니다. 성장은 때때로 버겁고 외로운 일인 것 같습니다. "남들도 다 겪는 일이야." "네가 대체 뭐가 부족해서 그러니?"라는 말들에 그래도 힘든 건 힘든 거라고, 그럴 수도 있는 거라고 답하고 싶었습니다.

　소설 속 네 친구는 고등학교 입학식에 가서 기념사진을 찍었습니다. 하지만 코로나19로 일상이 멈춘 올봄, 현실의 많은 신입생들은 올해 입학식을 치르지 못했겠지요. 신입생뿐 아니라 대부분의 학생들이 새 학기, 새 교실과 새 친구를 만나는 설렘과 기대, 긴장을 제대로 느껴 보지 못했을 겁니다.

　이 책이 낯설고 힘든 시간을 보낸 이들에게 인사와 위로가 되었으면 좋겠습니다. 채 익기 전, 초록의 시간을 보낸 적이 있는 모두에게 늦었지만 따뜻한 햇볕이 되었으면 좋겠습니다.

빈틈 많은 원고를 책으로 완성해 준 문학동네 어린이책 편집부에 감사드립니다. 따뜻한 응원과 깊은 조언, 잊지 않겠습니다. 함께 작업하는 동안 정말 든든하고 행복했습니다.

소설을 쓰는 데 도움을 준 다은, 연아, 은서, 지은, 진영, 채원, 그리고 이름 밝히기를 원치 않은 두 친구에게도 감사의 인사를 전합니다.

첫 번째 독자이자 이 소설을 시작하게 해 준 사랑하는 딸에게 고맙습니다. 제가 쓰는 이야기들은 딸로부터 시작되거나 딸에게서 완성됩니다.

2020년 봄

조남주

귤의 맛

ⓒ 조남주 2020

1판 1쇄 2020년 5월 28일 | **1판 12쇄** 2024년 4월 17일
지은이 조남주 | **책임편집** 원선화 | **편집** 곽수빈 엄희정 이복희 | **디자인** 이지인
마케팅 정민호 서지화 한민아 이민경 안남영 왕지경 정경주 김수인 김혜원 김하연 김예진
브랜딩 함유지 함근아 고보미 박민재 김희숙 박다솔 조다현 정승민 배진성
저작권 박지영 형소진 최은진 서연주 오서영 | **제작** 강신은 김동욱 이순호 | **제작처** 영신사
펴낸곳 (주)문학동네 | **펴낸이** 김소영 | **출판등록** 1993년 10월 22일 제2003-000045호
주소 10881 경기도 파주시 회동길 210
전자우편 kids@munhak.com | **홈페이지** www.munhak.com
카페 cafe.naver.com/mhdn | **북클럽** bookclubmunhak.com
트위터 @kidsmunhak | **인스타그램** @kidsmunhak
대표전화 (031)955-8888 | **팩스** (031)955-8855
문의전화 (031)955-3576(마케팅) (02)3144-3238(편집)

ISBN 978-89-546-7198-9 03810